Лучший друг

Алексей Будищев

Лучший друг

© Bibliotech Press, 2021

ISNB: 978-1-63637-674-5

ЛУЧШИЙ ДРУГ

I

Они лежали в поле, на широкой меже, чуть прикрытые тенью ракиты, и тихо беседовали. Кондарев, темно-русый и худощавый, с карими глазами и небольшими усиками, лежал на боку, облокачиваясь на локоть и с усталым выражением в глазах и на всем бледном лице говорил Опалихину о вчерашнем дне.

Опалихин слушал его молча, и только тень досады скользила порою в его ясных и холодных серых глазах. Он глядел прямо перед собою, в поле, резко сверкавшее под вешним солнцем. Благоухание крепкой и молодой жизни разливалось по всей окрестности бодрой волною, и поле точно нежилось в этой веселой волне света и тепла. Эта волна обдавала и Кондарева и, щуря глаза, он говорил. Он говорил, что вчера у него был Грохотов и просил взаймы две тысячи. И он дал их ему, хотя Грохотов должен ему и без того пять тысяч. Нельзя было не дать; очень уж у него был убитый вид.

Опалихин презрительно усмехнулся.

— Грохотов вечно канючит, — проговорил он, трогая рукою светло-русую бородку. — И на что, подумаешь, ему деньги? До уборки хлебов еще далеко. Так какая-нибудь дурь.

Опалихин презрительно двинул плечом. Кондарев весело рассмеялся, и усталое выражение на минуту ушло с его лица.

— О, нет, деньги ему нужны до зарезу. Он мне так и сказал "до зарезу". Ему, видишь ли, нужно купить граммофон, велосипед с бензиновым двигателем и еще какой-то оркестрион. И все это ему нужно к спеху.

Кондарев все еще смеялся; смех у него был хороший, звонкий, детский. Но Опалихина он, видимо, сердил; по его ярким губам скользнула холодная и презрительная усмешка.

— Ну, чего ты смеешься? — с досадой проговорил он, приподымая с травы свое сильное и стройное туловище.

— Ты мой друг, мой лучший друг, и мне тебя жаль!

1

Он уселся на меже, свернув по-турецки ноги, и глядел на Кондарева холодными и ясными глазами.

— Зачем ты суешь свои деньги направо и налево? Ведь Грохотов накануне банкротства и поддерживать его не к чему. Чем скорее он вылетит в трубу, тем будет лучше. Земля должна принадлежать сильным и смелым, и она будет им принадлежать. Тормозить движение жизни безрассудно. Такие люди, как Грохотов, — сорная трава! Это — ходячая меланхолия из кислого теста.

Опалихин замолчал. Кондарев приподнялся с травы, расправляя ноги. Ласковая и теплая волна неожиданно пришла с поля, обдала их обоих с ног до головы и ушла дальше, скользя по зеленой скатерти хлебов темной зыбью. Листья ракиты зашуршали и стихли. Ракита словно перекинулась с этой волной приветствием на своем непонятном наречии и снова оцепенела в тихой задумчивости.

— Вот я заметил, — внезапно заговорил Опалихин, — что тебя всего передернуло, когда я тебя моим лучшим другом назвал. И я подумал: он мне не верит. А, между тем, это так: ты мой лучший друг. Ты много лучше окружающего большинства. Все же ты представляешь из себя кое-какой материал, из которого время, может быть, кое-что и вылепит. Ты как будто задумываешься над жизнью. А ведь большинство живет как грибы. И поступать с ними нужно как с грибами. Пригодных для еды — на сковородку, а поганок посшибать ногою. Да-с, — вздохнул Опалихин с холодной усмешкой, — а ты мне не поверил. Впрочем, оговариваюсь заранее: мое расположение к тебе меня ровно ни к чему не обязывает. И если жизнь столкнет нас когда-нибудь лбами, я буду твердо помнить только одну заповедь: жизнь есть единственное благо и дана мне она на очень короткий срок. А потому-с...

Внезапно Опалихин расхохотался. Смех у него был надменный, полный сознания собственной силы и походил на первый раскат вешнего грома. Кондарев побледнел всем лицом.

— Скажем такой пример, — между тем, продолжал Опалихин, — если бы я полюбил жену искреннего моего всем

2

разумом моим и всем помышлением, я не стал бы ставить своим желаниям загородки. Зачем? Докажи мне, что жизнь дается каждому из нас не единожды? Не сможешь? А тогда к чему и огороды городить.

И он снова коротко рассмеялся. Кондарев сидел бледный, с усталым лицом и с тоской думал: "Какая наглость!"

Он был уверен, что Опалихин говорит вот именно о нем и о его жене.

Опалихин продолжал:

— Жизнь есть столкновение интересов одного с интересами другого или других. Общество всегда, прекрасно сознавало это и надело на себя предохранительный кринолин из заповедей и законов. Оно дорого ценило и ценит жизненные блага и поэтому-то оно и огородило их так старательно от покушения более смелых и сильных единиц. Вот тебе происхождение нравственных правил. Ни больше, ни меньше, как инстинкт самосохранения, но только не в отдельной личности, а в целой группе. Ларчик, как видишь, открывается здесь совершенно просто. Заповеди, впрочем, едва ли кто соблюдает и говорить о них нечего, ну, а "уложение о наказаниях" все-таки нужно иметь на всякий случай в виду.

Кондарев сделал жест, как бы желая говорить; Опалихин замолчал, поджидая возражений с холодной усмешкой на ярких губах. Но он не дождался их.

— Мое оружие и мой компас — разум, — заговорил он снова. — Это надежное и верное оружие, и с ним я иду по своему пути без страха и упрека. Мой девиз — захватить как можно больше благ и радостей, и я работаю с моим оружием в руках, не зная устали, за что и в праве требовать от жизни некоторых преимуществ.

Опалихин замолчал, смелым взором окидывая окрестность. Кондарев вздохнул. На меже под ракитой стало тихо. Поля ярко сверкали, радуясь солнцу. Вся их плоская и зыбкая равнина, широко, как зеленое море, разливавшаяся по окрестности и замкнутая со всех сторон резко сверкающим небесным куполом, изнемогала, как женщина, в этом могучем объятии неба, наслаждаясь светом, теплом и всеми радостями жизни. Казалось, было слышно, как поля пили благодатные соки земли, перерабатывая их в свои шелковые ткани, полные избытка сил и безмерной жажды творчества. Удивительная гармония связывала небо и землю. Тихие и короткие вздохи нежданно падали порою откуда-то сверху на зеленую грудь полей, и поля отвечали им радостным шелковым свистом.

Опалихин сказал:

— О, как здесь хорошо! И можно ли здесь не работать и не желать для себя всяческих радостей! Нет ничего лучше жизни, и нет ничего хуже той ямы, в которую нас со временем столкнут. И уже одно ее существование оправдывает все. Не правда ли, мой лучший друг? — добавил он с холодной усмешкой.

Кондарев пожал плечом. На меже из-за поворота внезапно вынырнула стройная вороная лошадь в щегольском шарабане. Опалихин увидел широкую рыжую бороду своего кучера Епифана.

— А вот и Епифан, — сказал он, — трогая колено Кондарева, — едем же ко мне обедать. Я показал тебе мои поля и видел твое благоговейное удивление. Это меня вполне удовлетворило и потому я хочу есть! — добавил он с коротким смехом.

Епифан ловко осадил лошадь у самых ног Кондарева. Они оба поднялись с межи. И тому и другому было около тридцати лет. Опалихин был в светло-сером костюме и желтых башмаках; от всей его фигуры веяло холодной силой и изяществом. Худощавое и тонкое тело Кондарева было облачено в чесучевый пиджак и лакированные сапоги; черный шелковый воротник русской косоворотки выглядывал из-под его пиджака. Опалихин принял вожжи из рук Епифана, усаживаясь в шарабан; Кондарев поместился рядом. Епифану приходилось идти в усадьбу пешком. Впрочем, до усадьбы Опалихина считалось всего версты две.

Здесь, по извилинам реки Вершаута, расположены на расстоянии шести-семи верст три усадьбы: Опалихина, Ложбининой и Кондарева, и две деревни — Опалиха и Медуновка. Две первых усадьбы оставались в руках дворянства, а третья принадлежала молодому купцу Кондареву, самому богатому из этих трех владельцев, за женой которого вот уже два года настойчиво ухаживает Сергей Николаевич Опалихин. Об этом, по крайней мере, говорит весь уезд. И припоминая кое-что из этих доходивших до него разговоров, Кондарев невольно хмурился, а Опалихин с холодной усмешкой говорил ему:

— Я ждал тебя сегодня на весь день и нынче у меня к обеду два твоих любимых блюда: пирог с соминой и оладушки с медом. А ты все еще не веришь, что я тебя люблю! — добавил он с коротким смехом.

Кондарев сидел и думал об Опалихине:

"И ты тоже, милый мой, — парень теплый. Грохотову я дал взаймы — это нехорошо, а вот тебе два года тому назад десять тысяч вывалил — так это превосходно! Грохотову на граммофон, а тебе на чилийскую селитру и на маслобойку. Но только когда же ты мне их отдашь?"

Опалихин стегнул лошадь вожжою. Зеленая скатерть полей рванулась навстречу путникам; в их ушах только зашумел ветер.

После обеда Опалихин и Кондарев сидели на обтянутом парусиной балконе, выходившем в сад, и пили чай. Опалихин вкусно прихлебывал из стакана и говорил:

— Вот я дворянин, а ты купец. Твой отец, и дед, и прадед создавали своими руками и горбом состояние, а мои размотали половину доставшегося им. Теперь же в их детях получилось совершенно обратное. Я работаю и пытаюсь создать состояние, а ты решительно ничего не делаешь, и даже, пожалуй, отчасти транжиришь доставшееся тебе. Вот тут и разговаривай о наследственности.

— Что же, — устало усмехнулся Кондарев, — и тут есть своего рода логика. Мои предки работали не покладая рук, а подумать времени у них не было, и вот я теперь думаю и за них, и за себя.

Опалихин положил ногу на ногу.

— Неужто ты так-таки совсем не занимаешься хозяйством? — спросил он Кондарева.

Кондарев махнул рукою.

— Все думаешь?

— Видишь ли, — неторопливо отвечал Кондарев, — с самых ребячьих лет я до отвала на работу эту самую нагляделся, и у меня до сей поры под ложечкой сосет. Нет уж, Бог с ней! Видел я, как люди состояния создают! — И он снова махнул рукою.

На балконе стало тихо. Небольшой, но густой сад благоухал возле, греясь на солнце. Порывы сильного и внезапного ветра порою бросались на него, и он недовольно ворчал, склоняясь в одну сторону и бледнея на вершинах. Сквозь просвет аллей серела узкая лента дороги и глядели тихие воды Вершаута. На дороге неожиданно показался всадник в английском несуразном шлеме.

— Вот тоже гусь, — сказал Опалихин, кивая на всадника. — Это Платоша Столбунцов, если не ошибаюсь. Ну да, он, конечно, он. И едет он к Ложбининой увиваться за Людмилочкой. А жена — сиди дома и веди конторские книги. Платон Платоныч! — крикнул он, поднимаясь во весь рост.

Всадник повернул к балкону маленькое и худенькое лицо, смешно выглядывавшее из-под шлема; тонкие губы на безбородом, бритом, как у актера, лице раздвинулись в плутоватую улыбку. Не останавливая лошади, он приподнял шлем и сделал рукою жест, как бы желая сказать, что он спешит.

— А то заверните, — крикнул Опалихин, — Людмилочка и подождет, не умрет!

И Опалихин расхохотался. Всадник повторил тот же жест и скрылся за вершинами сада.

В то же время неожиданный и резкий порыв ветра ударил по саду и взбудоражил его побелевшие вершины, как волны. Сад зашумел как вода, и парусина балкона захлопала. Но ветер также внезапно исчез, как и появился. И вокруг снова все застыло.

— Некогда ему, — сказал Опалихин о Столбунцове, — торопится. А что же? И Людмилочка не из вредных. А знаешь, — поднял он на Кондарева глаза, — Грохотов зовет

Столбунцова — "Палашка-канканер". Столбунцов прекрасно пляшет канкан и для этого надевает поверх панталон юбку. Преуморительно. Впрочем, что же, — добавил он с холодной усмешкой, — живет, как умеет!

Опалихин замолчал. Сильный порыв ветра внезапно пригнул сад, и сад с глухим ворчаньем затряс вершиною, точно пытаясь сбросить с себя крепко вцепившегося врага. Парусина балкона захлопала, будто стреляла. Черная тень всколыхнулась в глубине аллей и поползла с песка дорожек на ступени балкона, как гневные волны. Видимо, приближалась гроза. Кондарев поспешно встал, собираясь домой.

На крыльце, когда Кондареву подавали легонький фаэтон, Опалихин говорил ему:

— Ты, конечно, Андрей Дмитрич, знаешь, что у Ложбининой с этой недели начинаются четверги: вечеринки с особенным уставом, который выработал я. SoirИes intimes. Не забывай же этого и приезжай к ней в четверг. Да жену, конечно, захвати с собою. Непременно захвати!

— Слушаю-с, — с внезапным гневом буркнул Кондарев и сердито рассмеялся.

Когда он сердился, смех его, обыкновенно звонкий и ребячий, делался хриплым.

"Ревнует, — подумал Опалихин, — ну, что же? Ревнуй, братец, на здоровье".

— А знаешь что, — сказал Кондарев, усаживаясь в фаэтон, — если бы мне да твоя вера, я куда бы смелее тебя был и полез бы напролом, в самое пламя! И знаешь что? — почти вскрикнул он, внезапно бледнея. — Я бы тогда, пожалуй, вдесятеро сильнее тебя оказался! Слышишь?

— Трогай, — сердито тронул он спину кучера.

Гулкий удар грома пробежал наверху.

— А это как хочешь! — вызывающе крикнул Опалихин Кондареву вдогонку и коротко рассмеялся.

Он пошел за ворота навстречу шумевшему ветру за удалявшимся экипажем. "Это как хочешь, — думал он, — но я пред тобою не отступлю!"

7

Порывы ветра рвали вершины сада и гудели в крышах. Стая голубей беспокойно носилась над амбарами.

"Я перед тобой не отступлю!" — думал Опалихин и вся фигура Татьяны Михайловны рисовалась его внезапно взбудораженному воображению. Его лицо дышало вызовом.

Гулкий удар снова со звоном прокатился по небу и там, по ту сторону Вершаута, в лесном ущелье эхо откликнулось ему, словно кто-то сильный и смелый весело крикнул навстречу раската:

— Тр-р-ах! тах-тах-тах!

II

Тревога оказалась ложной: гроза прошла мимо. Когда Кондарев подъезжал к тихой деревушке Медуновке, солнце уже сверкало по-прежнему, а сизый сумрак надвигавшейся грозы растаял, как дым. Дыханье ветра снова ласкало поля и в этой теплой и нежной струе трудно было признать ту же самую силу, которая так недавно с бешенством металась по земле и с яростью набрасывалась на преграды.

День был праздничный; крестьяне деревни Медуновки грелись около хат на завалинках, толкуя о домашних делах. Кондареву то и дело попадались на улице разряженные парни и девушки. Несмотря на жар, некоторые из парней обмотали свои шеи яркими гарусными шарфами, а ноги обули в валенки. Но Бондарева не поражало это; он знал, что медуновцы пользовались некоторым достатком, и их средства позволяли им даже и летом носить гарусные шарфы и валенки.

Кондарев ехал и думал об Опалихине. Он не сомневался ни на минуту, что его десять тысяч за Опалихиным не пропадут. Опалихин считался наилучшим хозяином во всей губернии; если он и делал долги, так только с целью поднять доходность имения, и каждый задолженный им рубль приносил ему изрядный барыш. Кондарев прекрасно сознавал это, и теперь ему было стыдно за подозрение, шевельнувшееся в нем в ту минуту, когда Опалихин выговаривал ему за деньги, выданные взаймы Грохотову. И ревность его улеглась совершенно.

"Сергей Николаевич, — думал он об Опалихине, — человек ума незаурядного и светлого, и вполне порядочен. Да и Таня не из таковских. А что он ухаживает за ней, так это еще ровно ничего не доказывает".

И его думы становились все веселее и радостнее. В усадьбу он приехал уже совершенно успокоенный и повеселевший.

Усадьба Кондарева, раскинутая на той же реке Вершауте, выглядывала щеголевато. Одноэтажный, но поместительный дом ярко сверкал на солнце железной зеленой крышею и весело глядел на примыкавший к нему сад ясными звеньями венецианских окон. Кондарев бодро выпрыгнул из экипажа и тотчас же приказал кучеру запрячь свежую лошадь в дрожки. Его как будто заразила энергия Опалихина; он намеревался сейчас же проехать на один из своих степных хуторков и поглядеть, как идет там ремонт построек, изрядно изветшавших за последнее время.

С повеселевшим лицом Кондарев вошел в дом. В доме все было тихо; дети, очевидно, играли в саду, а тетушка Пелагея Семеновна сидела на балконе и вышивала для Хвалынского монастыря воздухи. Она вышивала их вот уже третий год. Кондарев заглянул и на балкон; румяное и добродушное лицо дородной тетушки его жены всегда сообщало ему некоторую уравновешенность, а теперь ему как будто хотелось усугубить свое настроение необычайной и светлой радости и поднявшихся навстречу жизни сил.

Тетушка, рыхлая сорокалетняя женщина, сидела за пяльцами; почти у самых ее ног, на ступенях балкона, помещалась старая девица Степанида с длинным веснушчатым лицом и ртом, похожим на ижицу. Тетушка шуршала шелками, а Степанида, смешно шевеля своей ижицей, рассказывала ей один из богородицыных снов.

— Шла Матушка-Марея, — говорила она нараспев, — из города Ерусалима; шла она — приустала, легла она — приуснула...

— Видимый сон ей привиделся, — закончил за нее Кондарев и расхохотался звонким ребячьим смехом.

— Ой, чтоб тебя! — испуганно вскрикнула Степанида.

— А где Таня? — спросил Кондарев, все еще смеясь.

Тетушка повернула к нему свое румяное лицо.

— В спальной, книжки читает, — отвечала она.

— Сколько книжек?

— Одну, — совершенно серьезно отвечала тетушка и рассмеялась. — Тьфу ты, — проговорила она сквозь смех, — всегда-то он меня собьет!

Кондарев пошел с балкона и по дороге говорил голосом, похожим на Степанидин:

— Как на дереве кипарисном сидят книжники-фарисеи...

И он слышал, как за его спиной гневно отплевывалась Степанида.

Татьяна Михайловна, худощавая двадцатипятилетняя женщина, гибкая и стройная, сидела в просторном домашнем платье с книгою в руках. Увидев мужа, она отложила книгу в сторону, и ее большие скорбные глаза мягко засветились на бледном лице. Кондарев подошел к ней, тихо снял с низкой скамеечки ее ноги и, примостившись у этих ног на скамеечке, обнял ее стан, спрятав лицо в ее теплых коленях. В комнате было тихо. Дыхание сада вливалось в открытое окно и наполняло комнату свежим и холодноватым запахом молодой жизни. Ни единого звука не врывалось сюда, в это прохладное и целомудренное царство. Только гардины окна мягко шуршали, колеблемые ленивой струей.

И Кондареву казалось, что он ушел от жизни куда-то далеко-далеко и лежит на прохладном дне тихой речки, а над ним мягко шуршат зеленые перья упругого камыша. Светлый восторг наполнил его сердце сладким и мучительным трепетом; все силы его души поднялись до невероятной напряженности, и его душа казалась ему готовой вот-вот постичь какую-то удивительную красоту, какую-то бесконечно прекрасную гармонию. И вдруг, точно под ударом молнии, избыток его сил словно провалился в какую-то пропасть, а светлый восторг превратился в беспросветную скорбь.

Кондарев разрыдался в коленях жены.

Татьяна Михайловна схватила его голову тонкими пальцами и пыталась оторвать ее от своих колен.

— Что ты? Андрюша! Милый... Глупый! — шептала она.

В ее больших глазах вспыхнули слезы. Она привыкла к этим истеричным припадкам мужа, но теперь ее поразила неожиданность.

— Глупый, милый... Ну, зачем же ты?.. — шептала она, готовая расплакаться, бледная и испуганная.

Кондарев плакал как ребенок, тихо и горько, то пряча свое лицо в ее коленях, то с тоской поднимая к ней полные слез глаза.

— Это страшно, Таня, — шептал он со стоном, с лицом мокрым от слез, весь взволнованный и потрясенный, — мне кажется иногда, Таня, что люди глядят друг на друга как на какой-то фрукт. Это ужасно, Таня, — всхлипывал он всей грудью, — смотрит человек на человека и думает: "А с какой стороны тебя нужно есть, и как? Снимать кожу, или вместе с кожей?" — И он снова плакал, всхлипывая как ребенок, и судорога дергала его шею.

Жена, бледная и взволнованная, утешала мужа. Она хватала его голову руками, вытирала его глаза платком и все ближе и ближе прижималась к нему; она припадала к его губам мучительным, коротким поцелуем, вся взволнованная ласкала его волосы и шептала ему в уши все, что подвертывалось ей на язык, полная бесконечной женской жалости.

Долго они переговаривались так, оба — словно в бреду, все теснее и теснее прижимаясь друг к другу, как два утопающих, порою хватая друг друга за руки и обмениваясь мучительными поцелуями, словно готовясь идти на гибель, позор и разлуку.

Кондарев, наконец, вышел из спальни жены несколько усталый и как будто примиренный с чем-то женским состраданием и жалостью.

Он отправился на мельницу. А жена долго еще сидела у раскрытого окна, бледная, с тусклыми глазами, вся утомленная и разбитая, словно после оргии. И все о чем-то думала.

А к вечеру она стояла на тихой луговине сада возбужденная, с раскрасневшимся лицом и сверкающими глазами и громко кричала, делая из рук рупор:

— Люциан! Люциан!

Ее голос разносился по саду звонко и весело, а от всей ее тонкой фигуры веяло жизнью. Она играла с детьми в любимую их игру "Гудзонов залив".

Эту игру она сочинила им сама еще зимою, когда она прочла детям роман Майн Рида того же имени; и с тех пор эта игра вытеснила из детского обихода все остальные. Роли в этой игре обыкновенно распределялись так: старшего из французских путешественников, меткого стрелка Базиля изображала сама Татьяна Михайловна; голубоглазого и кроткого Люциана — ее семилетний сын Костя; пятилетняя Леночка была недурным Франциском, а трехлетнему Юрке приходилось исполнять роль милой и умной собаки Моренго. К сожалению всех участников игры, исполнителя на роль выносливого канадца Нормана среди их труппы не находилось и, чтобы не брать со стороны какого-нибудь любителя, они пользовались услугами самой обыкновенной половой щетки.

И щетка вполне оправдала их доверие; в роли канадца она оказалась положительно незаменимой. Она с редким мужеством стерегла их съестные припасы от диких зверей и по целым часам выносливо простаивала на часах, охраняя их сон в холодные канадские ночи, когда они, утомленные за день охотой и приключениями, сладко засыпали, тесно прижавшись друг к другу у горящего костра (в детской, на диване). И теперь Татьяна Михайловна первая заметила отсутствие неустрашимого канадца, почему она и звала к себе Костю.

— Люциан! Люциан! — кричала она, вся точно сверкая возбуждением.

Люциан, подстерегавший до этого момента грациозную антилопу, лежа на животе в сиреневом кусту, со всех ног бросился на зов старшего брата. Он предполагал, что Базиль окружен теперь целым табуном диких пеккари и бежал к нему на помощь, раздувая от быстрого бега ноздри и приготовляясь к отчаянной схватке. Однако, его опасения не оправдались. Татьяна Михайловна спросила его:

— Люциан, а где же Норман? — И она с торопливым беспокойством добавила: — Мы про него забыли, а мне без него и отойти отсюда невозможно. Нельзя же не стеречь наших припасов? Моренго опять может поесть у нас бизоньи языки. — И она кивала головой на горсть сухих листьев, аккуратно сложенных возле нее на скамье сада.

Беспокойство Базиля являлось вполне основательным, так как в прошлое воскресенье Моренго, воспользовавшись забывчивостью охотников, действительно, съел у них целых четыре бизоньих языка, на что в присутствии Нормана эта умная собачка никогда не отваживалась.

— Ах ты, — досадливо воскликнул Люциан, поводя плечом с тем же жестом, как и мать.

И он хотел доложить Базилю, что Норман, вероятно, там, где быть ему и надлежит, т. е. торчит вниз головой в углу черной прихожей, рядом со своим хорошим другом — березовым веником.

Но такой ответ тотчас же показался ему оскорбительным для репутации отважного канадца. И, досадливо пожимая плечом, он капризно протянул:

— Норман этот вечно куда-нибудь запрячется!

Он серьезно поглядел на мать и со всех ног бросился на поиски канадца. В то же время к Базилю подбежали Франциск и Моренго. Моренго ткнулся в колени Базиля с серебряным смехом, и Базиль жадно обхватил его милую курчавую головку и стал осыпать ее любовными поцелуями. А Франциск, в белой блузе и шелковом кушаке с деловитой серьезностью на всем лице, докладывал старшему брату:

— Мы с Моренго нашли на дикой пашне одну живую ветчину, жареный картофель и пирог с яблоками. Пирогов, кажется, там растет много!

Но Базиль не слышал этого. Солнца Египта, Бразилии и всех тропических стран, взятых вместе, горели в глазах сурового путешественника по Канаде...

Когда Кондарев, еще весь полный деловым настроением,

вошел в сад, золотые верхушки деревьев уже погасли и мутная мгла ползла от реки к плетневой изгороди сада. А на тихой луговине, у зеленой скамьи, он нашел всех охотников. Базиль сидел у самой скамьи, привалившись к ней спиною; его глаза были закрыты; на нем, пригревшись между его грудью и рукою, лежал Маренго и тихо посапливал похожим на цветок ротиком. Рядом, нервно раскинув руки и положив ноги на колена Базиля, спал впечатлительный Люциан. А Франциск, привалившись к плечу Люциана и подложив под щеку обе ладошки, тихо, но внятно жевал впросонках губами. Франциск отличался прожорливостью, иногда приводившей в отчаяние его старшего брата Базиля, и теперь, очевидно, ему снились те дикие пашни, на которых растут в сказочном изобилии всякого рода пироги и жареный картофель.

Кондарев внимательно оглядел их всех. Он оглядел и Нормана, безмолвно сторожившего бизоньи языки.

— Бизоньи языки целы, — прошептал он.

Он сгреб их со скамьи и стал медленно пересыпать их из одной руки в другую.

— Целы, целы, — шептал он задумчиво. И он снова пополнил листья на скамью, что-то шепча и поглядывая на спящих.

И вдруг он порывистым жестом отвернулся от этой группы бесконечно милых ему существ и, склонив голову, стиснул свои виски руками.

Светлое счастье, как тихий ангел, витавшее над этой группой, внезапно показалось ему такой могучей красоты, такой божественной прелести, что он испугался чего-то. Он как будто признал себя недостойным его, и он стоял бледный и потрясенный и ждал, что вот-вот ударит гром и насмерть убьет его, или как дым развеет это счастье.

— Ну, бейте меня, — шептал он помимо своей воли, с мучительным стоном, — ну, бейте меня, если это надо, но за что же их, за что же их, за что же их?..

Он готов был разрыдаться; и чтобы разогнать в себе это чувство бесконечной жалости и боязни за кого-то, он стал тереть руками виски и лоб. И как будто бы это успокоила его

14

несколько. Тогда он опустился на колени возле жены и, бережно взяв ее руку, стал нежно растирать ею свой лоб. Жена раскрыла глаза и глядела на мужа с сонным недоумением и улыбкой. А Кондарев, целуя ее руку, шептал, задыхаясь от счастья, боязни и жалости:

— Мой милый Гудзонов залив, мой светлый Гудзонов залив!

Через час Кондарев, полный энергии, щелкал у себя в кабинете на счетах, подсчитывая, во что обойдутся ему постройки.

А Татьяна Михайловна сидела за воротами у реки на толстом бревне. Рядом с нею помещалась дородная тетушка Пелагея Семеновна. Татьяна Михайловна глядела на плывшую в поле муть, а тетушка грызла кедровые орехи и, шевеля жирными, масляными губами, говорила:

— Ты по нем тоскуешь, я это вижу. Он тебе люб, и тебе от него не уйтить. От Сергея Николаича. И что же? Не та баба, которая сваво хвоста не замарамши жизнь прошла, а та баба, которая подол по самые колена измызгала, и все-таки на чистый свет вышла; не согрешишь — не спасешься! Да.

III

Опалихин, ясно улыбаясь, поправил на своей груди прекрасную душистую цепь, искусно сплетенную из жасминов с пунцовою розою посредине. Эту цепь сплели для него Ложбинина и Людмилочка, и теперь они с звонким смехом возложили ее на него, как на председателя и руководителя открывающихся Soirйes intimes. Опалихин, сильный, изящный и обильно надушенный, сияя холодными серыми глазами, приготовлялся сказать маленькую речь и лениво перебирал пальцами свою благовонную цепь. В поместительной столовой за большим круглым столом, на котором шипел самовар, стало на минуту тихо. Только сама хозяйка, Вера Александровна Ложбинина, еще посмеивалась, переглядываясь с Людмилой Васильевной или, как все звали ее за глаза, Людмилочкой. Они обе уже предвкушали то удовольствие, которое им должна была, по их предположению, доставить речь умного и милого Сергея Николаевича. И та и другая — женщины лет 28-ми. Вера Александровна — немножко полная блондинка, а Людмилочка — худощава и рыжевата; обе они сумели как-то умненько отделаться от своих мужей без скандала и с приличным обеспечением, так что мужья же остались во всем виноватыми, и теперь они наслаждались полнейшей самостоятельностью: по зимам жили в Петербурге, а на лето приезжали в именье Ложбининой. Тут же за круглым столом размещались все участники четверговых вечеринок; рядом с Людмилочкой сидел Столбунцов; он беспокойно вертелся на своем стуле, морщил бритое, как у актера, личико и порою поглядывал на бюст своей соседки вороватыми мышиными глазками. Дальше, небрежно привалившись к спинке кресла и далеко вытянув ноги, одетый в светлый фланелевый костюм, помещался Грохотов, тонкий брюнет с эспаньолкой под нижней губой и мечтательными глазами. Он рассеянно поглядывал на присутствующих и иногда, точно совершенно забыв о них, равнодушно выстукивал пальцами по колену какой-то мотив. Рядом с ним сидели Кондаревы — муж и жена. Муж глядел себе под ноги и устало жмурил глаза, а Татьяна Михайловна, нарядно одетая и надушенная, как будто немного дичилась. Впрочем, в ее выразительных глазах ярко сверкали порою оживление, удовольствие и любопытство.

— Милостивый государыни и милостивые государи! — наконец заговорил Опалихин с комичным жестом.

Он оглядел всех присутствующих насмешливыми глазами и, достав из бокового кармана пиджака маленькую тетрадочку почтовой бумаги, продолжал:

— Наше дружно и тесно сплоченное общество поощрения смеха, веселья и радостей с нынешнего дня открывает свои еженедельные вечеринки. Цель каждого из участников этих вечеринок должна быть одна: стараться собрать в свою дорожную торбу как можно более радостей. А попутно мы будем сшибать своими ногами предрассудки, те самые предрассудки, которые до того придавили своею обузою свободное сердце человека, что его жизнь стала похожей на жизнь каторжника. Итак-с, попутно мы будем бороться с ними.

— То есть, как это бороться? — спросил Грохотов, поднимая ленивые и мечтательные глаза, и по его лицу было видно, что он тотчас же забыл о своем вопросе.

Опалихин холодно оглядел его. Кондарев сидел бледный и устало жмурил глаза. Татьяна Михайловна вся превратилась во внимание.

— То есть, — продолжал Опалихин с надменной улыбкой, — каждый предрассудок, который попадется нам на дороге, мы бережно изловим, внимательно оглядим, как редкостное насекомое, и затем прикинем на весах чистого разума...

— Опять разум! — внезапно вскрикнул Кондарев и задохнулся от нервной дрожи.

Все оглядели его с недоумением.

— Разум, — между тем, продолжал он, — в светлой душе — это крыло ангела, а в темной — волчий зуб и лисий хвост!

И он замолчал.

— И затем прикинем на весах чистого разума, — настойчиво повторил Опалихин, не обращая на Кондарева ни малейшего внимания. — И если, — продолжал он, — насекомое вывесит хотя сотую долю золотника, мы спрячем его в свою торбу, благословим и скажем: плодитесь, размножайтесь и населяйте землю, а не вывесит — вышвырнем его за борт.

При последних словах Опалихин даже повысил голос, и все его лицо точно осветилось надменным вызовом.

— Браво, браво, — тихо захлопала в ладошки Вера Александровна.

Столбунцов визгливо расхохотался, и его маленькие глазки лукаво забегали, как у вороватого и трусливого зверька.

— Мы долго и много терпели от этих насекомых, — между тем, запальчиво продолжал Опалихин, — а теперь мы сказали: "довольно, мы хотим жить!" И мы занялись пересмотром всех ценностей, всех до единой, желая, наконец, всем сердцем радостей и счастья. А желание жизни — разве оно не естественно для живого существа?

— Конечно, — заговорил он уже более спокойно, — каждый из нас обязан относиться к другому вполне вежливо, уважая в нем ту или другую ценность, — и только-с! На большее пусть не претендует никто! И если жизнь столкнет кого-либо из нас с его соседом, — каждый волен считать перед собою все пути открытыми, все средства возможными, и пусть будет победа за смелым.

— Браво, браво, — снова захлопала в ладошки Вера Александровна.

— И что же, — спросил Кондарев, когда Опалихин, наконец, кончил свою речь, — что же под этим уставом расписаться, что ли, надо? — И он кивнул на тетрадку почтовой бумаги, которую вертел в своих руках Опалихин.

— А это как хочешь, — отвечал тот с усмешкой.

— Что же, я подпишусь, — устало сказал Кондарев, — но только добавлю: разум — это волчий зуб и лисий хвост. Хочешь?

Опалихин рассмеялся.

— Добавляй, добавляй, — проговорил он сквозь смех, — но ты только этим признаешь то, что у тебя душа темная.

— У меня душа ни темная и ни светлая, а так... серая в яблоках! — расхохотался Кондарев хриплым смехом, что бывало с ним только тогда, когда он сердился. И он сделал рукою резкий, совсем купеческий жест.

После чая он тотчас же отправился домой, оставив Татьяну Михайловну у Ложбининой. Он ссылался на то, что ему надо дома кое-чем распорядиться, заняться кое-какими делами, но он обещал, покончив с делами, снова возвратиться сюда часа через три, четыре. От усадьбы Ложбининой до усадьбы Кондаревых было всего версты полторы, и он ушел пешком.

Между тем, вечеринка продолжалась своим чередом. Вся компания ездила кататься на лодке, затем зажгла на берегу Вершаута костер, пела хоровые песни, и Столбунцов отплясывал даже у пылающего костра канкан, обрядившись в юбку, которую ему, как оказалось, заранее приготовила Людмилочка. Затем вышло как-то так, что Опалихин и Татьяна Михайловна остались в саду одни, с глазу на глаз.

Они ходили по аллее сада и беседовали. Она, взволнованная и возбужденная, с огоньками в глазах и побледневшим лицом, говорила ему:

— Я как-то слышала от вас, Сергей Николаевич, о каком-то царстве разума, где людям будет хорошо, очень хорошо, но где люди не будут любить друг друга...

Она не договорила. Ее перебил Опалихин.

— А разве люди теперь и здесь любят друг друга? — спросил он ее. — Вы сказали: "где люди не будут любить друг друга". Да. Там они не будут любить друг друга совершенно точно так же, как они не любят и здесь. А не любят, так как это противно их природе. Как я могу любить человека, ударившего меня в сердце? Я этого не могу, и переродиться не в моей власти! — Он замолчал, пожав плечом.

— Но, по крайней мере, — сказала Татьяна Михайловна, — люди теперь знают, что они должны любить. Это уж и то хорошо!

Опалихин снова пожал плечом.

— Я знаю, — проговорил он с улыбкой, — я знаю, что должен вам тысячу рублей: но я также прекрасно знаю, что я никогда их вам не отдам, так как я банкрот. Легче ли вам от этого?

— Да, — воскликнула Кондарева с живостью, — мне уже легче от вашего сознания! И мне было бы больнее, если бы вы совсем не признавали вашего долга!

— Ну, да, — небрежно усмехнулся Опалихин, — вы меня немножко поймали, так как я привел не совсем удачный пример. В этом примере я уже признал, что взял у вас некоторую сумму. Но если я ее у вас не брал, а заработал ее сам, своими руками, своим горбом, своей головой, тогда как прикажете мне поступить?

Он заглянул ей в самое лицо насмешливыми и холодными глазами. Она молчала в замешательстве, потупив голову. Свет месяца, заливавший весь сад, освещал и ее лицо, и оно казалось мертвенно-бледным. В саду было тихо; деревья не шевелились, словно оцепенев в сказочном сне, и необычайная тишина точно оковала и сад, и воздух, и небо. Взрывы хохота, доносившиеся порою в сад из раскрытых окон дома, казались не имеющими ничего общего с этой целомудренной тишиной, и они быстро умирали здесь, как существа, вышедшие из другого мира. И тишина по-прежнему оставалась недоступной и гордой.

— В царстве разума, — наконец заговорил Опалихин, — люди отнимут возможность у того, у другого, у третьего, у каждого, вредить себе. Вредить будет не выгодно. И на том спасибо. А любить — это, пожалуй, слишком жирно.

Они молча снова прошли всю аллею и вновь повернули назад. Свет месяца разливался на песке аллеи, и отражения деревьев дрожали в этом зеленоватом свете, как в воде.

Опалихин заговорил:

— Там, в том царстве, работать будет полезно, а вредить невыгодно. И слава Богу! И это уж очень хорошо. Это почти все! Зачем же мечтать о кисельных берегах, недоступных ни нам, ни нашим внукам, когда у нас почти под самым носом рисуются ей-богу же порядочные страны. Но, конечно, — добавил он, — чтобы приплыть к ним, надо работать, а работать-то мы как раз и не любим. Нам гораздо приятнее мечтать.

И он говорил все на ту же тему смело и просто; она слушала его молча и какой-то новой жизнью, содержательной, ясной, полной радостей и смысла веяло на нее от его слов. Месяц поднимался все выше, заливая зеленоватым светом весь сад. И они тихо двигались в этом свете среди непробудной тишины.

Они подошли к беседке, приютившейся между кустов сирени на небольшой луговине, в самой окраине сада. Здесь было еще светлее и торжественнее, и тишина казалась напряженнее. Они вошли в беседку.

Мутный сумрак залил их своими волнами; в беседке было темно, хотя лунный свет вливался сюда и в два окна, и в дверь тремя широкими и тихими потоками. Они молча сели, она — в кресло, он на кушетку. Развернутая книжка валялась на крошечном столике с малиновою доскою, белея в полумраке. Вера Александровна иногда любила почитать здесь книгу, заглядывая сюда даже и вечером, и у одной из стен беседки, на черной широкой тумбе, стояла предусмотрительно приготовленная пара бронзовых подсвечников, громадных и тяжелых, изображающих двух сатиров с факелами в руках. Лунный свет мягко сверкал на их козлиных ногах и на их плоских лицах, и сатиры точно пересмеивались, угрожая друг другу каждый своим факелом.

Беседка стояла почти на самом обрыве, которым заканчивался сад, круто сбегавший к Вершауту, и поверхность реки виднелась сквозь окно мутным, дымящимся пятном.

Опалихин и Кондарева оба глядели на это тусклое пятно и молчали. Казалось, тишина сада, лунный свет и вся эта сказочная ночь натянули струны их душ до невероятной напряженности, так что было достаточно одной упавшей на них песчинки, чтобы они издали один и тот же аккорд. Опалихин боролся с этим оцепенением души и хотел начать разговор; но борьба некоторое время оказывалась бесплодной и он не находил на своем языке нужных слов. Наконец, он вздохнул и сказал:

— Да-с, Татьяна Михайловна; так-то-с. Возлюби, — это ведь только сказать просто, а на деле выходит зачастую совсем даже невыполнимо. Ведь вы вот меня не любите, а я ли не молю вашей любви? — внезапно добавил он с усмешкой. И он побледнел; Татьяна Михайловна побледнела тоже.

— Вы не о той любви говорите, — прошептала она, склоняя бледное лицо.

— Ах, не о той, — протянул Опалихин с гневной дрожью в губах, — не о той! Вам надо любовь сахарную, тепленькую, жиденькую, слабенькую, так, чтобы не обжечься, не поперхнуться, не опьянеть, но и не напиться. Да? О, — воскликнул он, — благодарю вас за угощенье, но мне-то этого совсем не нужно. — И он засмеялся сердитым смехом. — Мне нужна живая любовь, с кровью и телом, счастьем и мукой, — могучая, земная, вот такая любовь, — шептал он, внезапно поднимаясь с кушетки, — вот такая любовь, какою я люблю вас!

Он замолчал и задумчиво прошелся взад и вперед по беседке. Лицо его было бледно до неузнаваемости и оно

21

озарялось теперь какою-то новою мыслью. И вдруг он круто повернулся и сделал шаг, чтобы идти к Кондаревой. Однако, он тотчас же остановился с жестом досады. В дверях беседки неожиданно появился Кондарев. Он увидел их и весело закричал:

— Господа, пожалуйте ужинать. Торопитесь: Столбунцов в азарте и это преуморительно! — Он расхохотался звонким смехом.

Татьяна Михайловна сидела смущенная. Опалихин глядел на Кондарева и думал: "Слышал ли он мои слова или нет? Да, конечно же, нет!" — решил он, увидев ясные, как у ребенка, глаза Кондарева. Он оглядел его насмешливо.

— Идите же, — между тем совершенно весело говорил Кондарев, — идите же, идите же, Бог с вами!

Все втроем они двинулись в дом и всю дорогу Кондарев, не умолкая, трещал беспечно и весело. Однако, у самого балкона он несколько замешкался, и когда Опалихин и Татьяна Михайловна, миновав его, скрылись в дверях дома, он ухватил себя за голову и с тоскою подумал: "А? Что же это такое? И Таня, Таня молчала!" Он обхватил перила балкона руками, точно боясь упасть. Некоторое время он простоял так с бледным лицом и печальными глазами. И вдруг торжествующая злобная улыбка искривила его губы.

"Ну-с, что же, Сергей Николаич, — подумал он, — кто же из нас сильнее: я или ты, а?"

И он стал тихо подниматься по ступеням балкона.

Ночью у себя дома, когда Татьяна Михайловна уже спала в своей постели крепким и сладким сном, он сидел у окна спальни, глядел в притихший сад и думал, думал об Опалихине.

"Ох, Сергей Николаевич, — думал он, — а ведь я много сильнее тебя, только я силушки свои железными цепями оковал, а ты их как павлиний хвост распустил, и сам на себя дивишься не надивуешься. Силен не тот, кто цепи с себя сорвал, а тот, кто сам их на себя наложил!"

IV

Солнце клонилось к закату, но в поле было еще совсем светло, и песни жаворонков доносились оттуда в усадьбу, как звон серебряных колокольчиков.

Татьяна Михайловна сидела на крыльце своего дома, слушала это живое и радостное пенье полей и глядела на бабу. А баба с коричневым лицом и коричневыми руками стояла прямо против нее, тыкала пальцем в свою ногу и говорила:

— И кто ее знает, отчего эта самая болезнь прикинулась, но только болит третий день. Ни тебе встать, ни тебе сесть, ни тебе ходить. Можжит, — и весь сказ. Пошла я третьеводни в клетушку за мучицей, и диви бы черным словом обмолвилась или еще что: а то даже ни Боже мой. А она, моя матушка, словно кто ее под коленку шилом ткнул. И свету не взвидеть!

Баба замолчала, печально покачивая головой. Татьяна Михайловна, поглядывая за ворота усадьбы, думала: "Опалихин обещал сегодня приехать, а сам не едет". "А, впрочем, мне-то больно нужно", — добавила она мысленно. И, заглянув в лицо бабы, она сказала:

— В больницу съезди, Матрена, а у меня, какие же у меня лекарства? — развела она руками.

— А великим постом давала, как тогда помогло! — вздохнула баба. — Скупишься ты! Вот что! Эх, матушка, и без того богата, на что тебе больше-то? И так сундуки полны.

— Да я не скуплюсь вовсе, а только я ведь тогда давала от горла, а теперь нога.

— Оно не только от горла, — говорила баба. — У Васютки головка болела, примочила я ему головку, — голове легче. У кума Захара к сердцу подкатывало, размешала я ему ложечку на стакан квасу — как тебе рукой сняло. Оно не только от горла. Дай ты мне его, сделай милость.

— Да ведь не поможет! — пожала плечом Татьяна Михайловна.

— Поможет. Дай, родная. Дай, золоченая. Дай, заставь за себя Бога молить, — вздыхала баба, кланяясь коричневым унылым лицом.

Татьяне Михайловне пришлось уступить; она поднялась с крыльца и вынесла то, что просила баба. Это был слабый раствор борной кислоты.

Баба, ковыляя, ушла, а Татьяна Михайловна осталась на крыльце.

"Обещал приехать, а сам не едет. И зачем ему нужно видеть меня?" — думала она об Опалихине. Эти думы преследовали ее, помимо ее воли, помимо ее желания, как стая надоедливых мух, и она тщетно пыталась уйти от них в какое-нибудь дело, в какую-нибудь книгу, в какое-нибудь занятие. Работа не клеилась, а книга не читалась, и целый день она бродила в странной тревоге и беспокойстве, точно отравленная каким-то напитком.

"И зачем ему нужно видеть меня?" — думала она, и ее глаза с недоумением глядели на окружающее. Однако, и на крыльце ей не сиделось, и она пошла в сад, полная замешательства и недоумения перед тем чувством, которое поднималось в ее сердце. По дороге она припоминала вчерашние слова Опалихина.

Целую неделю после разговора с нею в беседке он как будто избегал ее, а вчера во время разъезда с вечеринки от Ложбининой он внезапно подошел к ней и, побледнев всем лицом, шепнул:

— Завтра я приеду к вам. Не браните меня за это. — Он точно подождал ее ответа и тем же шепотом добавил: — Андрея Дмитрича завтра не будет дома; он уедет к Грохотову смотреть велосипед с бензиновым двигателем.

Чуть заметная усмешка скользнула по его надменным губам, и он торопливо ушел от нее.

Татьяна Михайловна вошла в сад. Дети с возбужденными лицами играли на луговине в какую-то игру; увидев ее, они со всех ног бросились к ней, весело крича: "Гудзонов залив, Гудзонов залив!" Но она отклонила их просьбы; ей совсем не хотелось играть, и они ушли от нее несколько опечаленные и удивленные. Мать раньше так редко отказывала им в их детских просьбах, что теперь это их озадачило. И, удаляясь, они переговаривались с некоторым беспокойством и взволнованными жестами, постоянно оглядываясь на мать. И странно было видеть замешательство и недоумение на милом розовом личике трехлетнего Юры. Он чаще всех оглядывался на мать и, прикладывая пальчик к губам, шептал:

— Тись-тись, мама бобо!

В переводе на язык взрослых это означало: "тише, тише, мама больна!"

Но мать не видела этого милого личика. Глазами, полными недоумения и тревоги, она глядела на сад и не видела ничего и никого.

И вдруг в ее глазах вспыхнули оживление и радость; она услыхала веселый говор бубенчиков и поняла, что это приехал Опалихин. Порывисто она приподнялась со скамьи, готовая идти туда, но не пошла; радость быстро сменилась в ее глазах выражением беспокойства и тревоги и некоторое время она стояла в странном замешательстве, не зная, что ей теперь надо делать, что предпринять, куда идти, что говорить. И она решила было уйти в глубь сада, чтобы несколько оттянуть момент встречи. Но уходить было уже поздно. Опалихин шел аллеей навстречу к ней, ясный и веселый, легкой и смелой походкой уверенного в своих силах человека. Рядом с ним плыла дородная тетушка Пелагея Семеновна. Опалихин увидел Татьяну Михайловну и, приподнимая с головы мягкую серую шляпу, весело и звонко крикнул:

— Здравствуйте, Татьяна Михайловна! Мне нужно было повидать Андрея Дмитрича, а его-то как раз и нет.

Он приблизился к ней, они поздоровались.

Вскоре Пелагея Семеновна степенно уплыла к дому, чтобы распорядиться чаем и было слышно, как она бряцала тяжеловесной связкой ключей, доставая ее по дороге из своего необъятного кармана. Наконец она скрылась в дверях. Они остались одни; они присели на скамью под тенью липы и заговорили о разных пустяках, о соседях, о Столбунцове, о Людмилочке. Говорили они с оживлением, перебивая друг друга, с веселыми и резкими жестами; но это оживление и эти жесты казались совсем неестественными, и было видно, что каждый из них ждет от своего соседа совсем не тех слов и не тех взглядов, но желает скрыть это даже от самого себя.

И вдруг разговор иссяк; в то же время взгляд Татьяны Михайловны упал на играющих детей, и странное, жуткое замешательство снова овладело ею; безотчетное желание уйти куда-нибудь, чтобы дети не видели их вместе, всколыхнулось в ней; по выражению ее лица он угадал ее желание, хотя он совсем не так объяснил его себе. И чтобы вывести ее из затруднения, он первый предложил ей пойти в осиновую рощу.

Она молча поднялась со скамьи и двинулась рядом с ним по желтому песку аллеи. Осиновая роща лежала тут же за садом, на берегу Вершаута, и вся состояла из нескольких десятков прямых и высоких осин, стройно вздымавшихся на веселых луговинах. Ранней весной здесь обыкновенно пасли телят, почему дети звали эту рощицу телячьим садом. Обогнув сад, они пришли сюда. Зеленые луговины рощи весело глянули на них. Они медленно двинулись узкой дорогой, опушенной кое-где лиловыми тюльпанами, и молчали с озабоченными лицами. Косые лучи солнца ярко сверкали на вершинах осин, пронизывая воздух приветливым теплом. Невидимые птицы позванивали в кустах шиповника, бузины и волчьей ягоды, разбросанных там и сям по полянам, и можно было подумать, что это весело перекликаются сами кусты, радуясь теплому вечеру.

— Вы знаете, зачем я приехал к вам сегодня? — внезапно спросил ее Опалихин, и она видела, как побледнело его лицо, опушенное белокурой бородкой.

Она не отвечала ни слова и только ниже опустила голову. Он подождал ее ответа и, досадливо качнув головой, продолжал:

— Вы отмалчиваетесь, Татьяна Михайловна, — это нехорошо. Я хочу знать правду о ваших чувствах ко мне, какою бы горькою ни оказалась эта правда, а вы уклоняетесь. Это нехорошо! — повторил он сердито.

— Слушайте, — продолжал он, и она услышала в его голосе звуки тревоги и страдания. — Слушайте. Я люблю вас, я не могу без вас жить, и мне нужно слышать от вас искренний и правдивый ответ. Не бойтесь же правды. Если вы не любите меня, скажите прямо, и клянусь вам, — почти вскрикнул он, — клянусь вам, я на этой же неделе продам имение и уеду отсюда навсегда. Я не буду стучаться в безнадежно закрытую дверь, клянусь вам! — повторил он в волнении. — Это не в моих правилах!

— А жить рядом с вами, видеть и слышать вас, и знать, что вы меня не любите, — заговорил он, — я не в силах, я не могу. Неужели же для меня нет и клочка счастья? За что? Не мучайте же меня больше и скажите хоть что-нибудь. Я и без того измучен уже достаточно.

Он досадливо передернул плечами; его движения, всегда плавные и спокойные, делались резкими.

— Верите ли вы, — снова вскрикнул он, как бы сердясь на самого себя, — верите ли вы, что я начинаю терять голову и самообладание, что я не могу порою работать, а вы знаете, как я люблю труд и как высоко ценю его.

Он замолчал, тяжело дыша; они двигались рядом по узкой дороге, в тепло нагретом воздухе ясного вечера. Низкорослые кусты весело перекликались на луговинах. Листья осин трепетали, как бьющиеся под окном бабочки, и шелест жизни носился по роще радостными и короткими вздохами.

Наконец Татьяна Михайловна прошептала:

— Я замужем. Я не должна даже слушать вас. Что вы говорите мне?

Он сердито вскрикнул:

— А я разве виноват, что встретил вас позже, чем ваш муж?

Он замолчал с резким жестом, и она увидела в его обыкновенно ясных и холодных глазах небывалые огни.

— И потом, — добавил он, — я первый раз слышу, что замужество есть причина калечить жизнь, есть отречение от счастья. Это вздор; дело не в этом, все дело в вашем чувстве!

Он снова замолчал, точно пережидая спазму, давившую его горло.

— Страсти, — наконец заговорил он взволнованно, — они сильнее нас, мы ничтожные аппараты, на одно мгновенье воспринимающие лишь отражение жизни, а страсти — это вечная мысль мира, это сама жизнь. Ничтожное и грязное чувство в ничтожном и грязном человеке — это блоха, которую можно раздавить одним пальцем, а страсть — бешеная и дикая лошадь, и каким мундштуком остановлю я ее разбег? И нужно ли останавливать?

Он замолчал, оглядывая ее; два розоватых пятна мерцали на ее бледных щеках, под самыми глазами, и он чувствовал горячий трепет ее глаз под опущенными ресницами. И этот трепет снова взволновал его несколько утомившееся сердце.

— Так что же вы молчите, — крикнул он сердито и резко, — любите ли вы меня? Да, или нет? Я жду, слышите ли, я жду и не уйду отсюда без ответа.

Внезапно она остановилась, повернулась к нему порывистым движением и подняла на него глаза; горячий трепет уже погас в них и они были тусклы; ее губы тихо дрогнули, готовясь дать ответ. Он притих, точно оцепенев, и ему показалось, что вокруг все оцепенело, замерло и притихло — и небо, и роща, и воздух, — точно течение жизни остановилось на одно мгновение. С трудом он переводил дыхание.

— Я вас не люблю, — наконец прошептала она, — уходите.

Но он не уходил. С минуту он глядел на нее с выражением страха и страдания в потемневших глазах; и затем, как бы сделав над собой усилие, он было двинулся прочь.

Но внезапно увидел на ее лице новое выражение, одну новую черточку, которая поразила его и совершенно изменила его намерение. Быстрой и решительной походкой он подошел к ней. И, заглядывая в ее бледное лицо, улыбающееся виноватой, жалкой улыбкой пристыженного человека, он прошептал:

— Завтра, ровно в 6 часов, я приду туда, к "Поющим ключам"? — И кивнул головою на ту сторону Вершаута.

Виноватая, бледная и пристыженная, она стояла перед ним. Но, однако, она прошептала:

— Я туда не приду. Но, ради Бога, не продавайте вашего имения. Ради Бога... Мне будет тяжко...

Опалихин внимательно оглядел всю ее словно сломленную фигуру, досадливо пожал плечами и, круто повернувшись, пошел от нее прочь.

— Хорошо-с, — словно обронил он по дороге, резко, — хорошо-с!

V

Над обширной площадью города Присурска стояли облака вонючей и едкой пыли, а сама площадь ревела, как зверь, громыхала железом, кричала, волновалась, и играла на органах какой-то разухабистый вальс. Дикие взвизги башкир проносились с конских рядов и прорезывали весь этот гвалт ястребиным криком, пугая ребят. Татьяна Михайловна, усталая и насквозь пропыленная, возвращалась с ярмарки в номер гостиницы, где она остановилась. Она закупила уже все, что ей было нужно, но выехать домой она могла только завтра утром, так как уже было поздно. Ей предстояло переночевать в номерах. И она как будто даже была рада этому. Последние дни состояние ее духа было таково, что она искала одиночества всем сердцем. На ярмарку она уехала через день после того, как Опалихин объяснился ей в любви, и она уехала вот именно с этой целью, чтоб немножко рассеяться, чтоб уйти от навязчивых дум, чтоб забыть те слова, которые так странно зажигали ее всю и позором и счастьем. И теперь, возвращаясь к себе в номер в пролетке плохого извозчика, она припоминала их, эти ужасные слова:

— Я люблю вас; я не могу без вас жить!

И ей при одном воспоминании делалось жутко.

Приехав в гостиницу, она вся вымылась, переоделась в легкий капот и, не зажигая свечи, села у окна в кресло. Серые сумерки стояли в комнате, как сетка тумана, а она сидела и напряженно думала о чем-то.

И вдруг она услышала, что кто-то прошел мима, двери ее номера, у самого порога как бы в колебании замедлив шаг. Она испуганно привстала с кресла вся полная жутких чувств. С минуту она простояла так в задумчивости, белея в сумраке странно побледневшим лицом, готовая в отчаянии заломить руки. Ее всю словно обожгла мысль. Она думала: "Ужели то, уже пришли ко мне, и мне не уйти от него никуда".

С острым трепетом она тихонько подошла к двери и, слегка приотворив ее, стала глядеть в коридор с громко бьющимся сердцем. "Пришло, пришло", — думала она, едва не стуча зубами от страха и тоски. Однако, в коридоре все было тихо и, по-видимому, спокойно. Серые сумерки ползли между стен, как туман. Она все стояла и слушала, белея помертвевшим лицом. И тут ей показалось, что кто-то следит за ней, так же, как и она, слегка приотворив дверь в другом конце коридора и полный таких же чувств. Она стремительно отшатнулась от двери, тихо подошла к креслу и едва не упала в него. Она вздрогнула; в дверь ее номера тихо вошел Опалихин. Он был бледен и даже как будто сконфужен. Она сидела, не поднимая на него глаз.

— Какая гадость, — заговорил он робко, — я подглядываю за вами, я выслеживаю вас! Разве вы не видите этого!

Он развел руками, как бы поджидая ее слов. Она по-прежнему молчала.

— Что же ты молчишь? — вдруг вскрикнул он. — Ведь я же люблю тебя!

Он передохнул в волнении и снова резко вскрикнул:

— Иль ты не видишь моих мук? Тебе стыдно? — заговорил он уже тихо и покачал головою, как бы с сожалением. — Кого? Чего? А меня мучить не стыдно? — снова вскрикнул он сердито. — Так слушай же ты, когда так! — сделал он резкий жест. — Любовь все разрешает и все оправдывает, и я всех обманул, чтоб приехать к тебе, слышишь ли, всех!.. А ты... как ты безжалостна, — покачал он головою. И вдруг он припал к ней и обхватил ее стан руками. Внезапно в ее сердце проснулась злоба; она уперлась в его грудь руками, чтоб оттолкнуть его от себя, но что-то пришло к ней, что сильнее этой злобы и задушило эту злобу, как кошка душит воробушка. Она вся обессилела и загорелась.

* * *

30

Через два дня, когда Татьяна Михайловна сидела у себя в саду, к ней словно мимоходом зашел Опалихин и быстро проговорил:

— Приходи завтра к "Поющим ключам" в 6 часов! Хорошо?

Та молча кивнула головою и побледнела. А он снова торопливо проговорил:

— А сейчас прощай. Сегодня я не хочу видеть твоего мужа.

И он пошел от нее легкой и смелой походкой, но в самой калитке едва не столкнулся лбом с Кондаревым.

— А-а, — протянул он холодно и насмешливо, — тебя ли я вижу, мой лучший друг?

Он шутливо расшаркался перед ним. Между тем, Кондарев смотрел на него во все глаза. Ему казалось, что он видит на этом лице отражение чувств, одно подозрение о которых повергало его в трепет. С большим трудом он стряхнул с себя тягостные мысли и сказал:

— А сейчас я встретился с Грохотовым и уговорился с ним ехать завтра к тебе поглядеть поля.

Опалихин рассмеялся.

— И как раз не вовремя, — отвечал он со смехом, — завтра я буду занят. Впрочем, — добавил он после некоторого колебания, — до шести часов я еще могу располагать своим временем, а там — извините-с!

И Кондареву вновь показалось, что он видит на этом лице выражение, так испугавшее его только сейчас. Между тем, Опалихин быстро пожал его руку за локоть и пошел к своему экипажу бодро и весело. А Кондарев глядел ему вслед и с тоскою думал: "Да быть же этого не может. Это что-нибудь да не так, что-нибудь не так!"

Долго он ходил по двору, странно обеспокоенный и встревоженный, с тоскою в сердце и, наконец, вошел в дом. Когда он нашел жену, она сидела на балконе, бледная и усталая, с нераскрытой книгой в руках. Он поцеловал ее руку и, пройдясь из угла в угол по балкону, небрежно сказал:

— А знаешь, Таня, что я надумал?

Она подняла на него глаза с странным, безразличным выражением и оглядела его, как какую-то вещь. Этот взгляд ударил его по сердцу. Еще ни разу она не глядела на него так. И, припомнив выражение лица Опалихина, он подумал: "Так неужели же это правда? Неужели же все решено и подписано?"

— А знаешь, Таня, что я надумал, — повторил он, — поедем завтра с детьми пить чай?

— Когда? — спросила она его безучастно.

— После обеда, часов в шесть? — и он притих с захолонувшим сердцем, поджидая ее ответа.

Она отвечала:

— Прекрасно. Поедем.

"Так что же это такое, — подумал Кондарев, — неужели же произошла ошибка? А если нельзя верить глазам и сердцу, так кому же после этого верить?"

VI

Кондареву не спалось всю ночь. Он то беспокойно ворочался с боку на бок в своей постели, то вставал и садился в кресло у открытого окна спальни с тревожными глазами и тяжестью на сердце. И, прислушиваясь к таинственным ночным голосам, шелестящим по кустам сада, он думал о жене: "Итак, что-то она скажет завтра за обедом. Если она поедет в луга, — значит произошла ошибка, а не поедет, — я не ошибся, и глаза мои меня не обманули". Только под утро он, наконец, уснул усталый и разбитый.

Но только что он поднялся с постели, как тревога и беспокойство снова захватили его в свои лапы, и он напрасно искал средства, чтобы унять эту мучительную тоску души. Все утро вплоть до самого обеда он ходил сам не свой, не зная, как убить время, весь полный тревоги, беспокойства и какого-то лихорадочного томления. А за обедом он небрежно спросил жену:

— Ну, что же, Таня, ехать, что ли, сегодня пить чай в луга?

Он на минуту замолчал, чувствуя замирание сердца и с большим усилием, принимая небрежный вид, добавил:

— С детьми, конечно. В Гудзонов залив там сыграем. Я за

Нормана буду охранять ваши припасы. Так часиков около шести?

Татьяна Михайловна долго молчала и глядела на мужа какими-то замкнутыми глазами. Пелагея Семеновна сказала:

— И впрямь, Танюша, не съездить ли?

Она поглядела и на тетку с выражением той же замкнутости в своих больших и темных глазах и, наконец, отвечала:

— Нет, я не поеду. Мне что-то нездоровится сегодня. После обеда мне хочется погулять одной.

Кондарев чуть не вскрикнул. Однако, он ни слова не сказал жене, а тотчас же после обеда он велел оседлать себе лошадь и поехал к Грохотову. "Так, так, — думал он по дороге, тихо покачиваясь в покойном казачьем седле, — глаза и сердце не обманывают; лгут только языки".

А у самых ворот обширной, но беспорядочной Грохотовской усадьбы ему неожиданно пришло в голову: "Одну цепочку я уже с себя сбросил; лисий хвост начинает действовать и даже весьма удовлетворительно. Скоро ли будет работать волчий зуб?"

Около шести часов Татьяна Михайловна, с бледным лицом и тревожным выражением в глазах, вышла из ворот усадьбы; она торопливо обогнула сад и повернула налево по берегу Вершаута, направляясь к тому месту, где через его тихие воды переброшен узкий переход. Чтоб пройти туда, к "Поющим ключам", ей было необходимо перебраться на тот берег. Там между невысокими и лесистыми холмами, часто заросшими молодою березой и тонким орешником, есть тенистый овраг с зелеными отлогими берегами и каменистым руслом. Овраг этот доходит до самого Вершаута, но лишь неглубокой канавкой, а начинается он по ту сторону холмов от крестьянских пашен саженным обрывом. И здесь-то, с этого обрыва, в русло оврага падают с разных высот тонкие струи семи родников, разнося по тенистой роще скорбное пенье плачущих вод, за что крестьяне и прозвали этот овраг "Поющими ключами". Они говорили даже, что "Поющие ключи" наделены даром пророчества и могут предсказывать засуху; что перед засухою они поют тоньше, слезливее и жалостнее.

— "Поющие ключи" Лазаря затянули, — говорили крестьяне, — быть засухе.

И после молебствий о дожде они жадно прислушивались: не запел ли "ключ" веселее?

А каждый год дня за два перед тем, как Вершауту сломать лед, эти "ключи" гудели, как труба, оглашая тенистые окрестности стоном.

— Наметки, братцы мои, готовить надо, — говорили в такие минуты крестьяне, — "ключи" рыбам Христос Воскресе запели!

К этим-то "ключам" и отправилась Татьяна Михайловна. Скоро она услышала их скорбное пение, горькой жалобой разносившееся по тенистым скатам оврага. Она вошла в русло, беспокойно огляделась и даже на минуту остановилась, точно прислушиваясь к какому-то голосу. Затем, она будто что-то припомнила и стала медленно подниматься по отлогому берегу ската. И тут она увидела Опалихина. Он сидел в нескольких шагах от нее под тенью березы и курил папиросу, сдвинув на затылок мягкую серую шляпу. Он увидел ее и, порывисто поднявшись с травы, быстро пошел к ней навстречу.

А она замерла без движения под тенью березы и припала к ее стволу мертвенно-бледною щекою. Он все ближе и ближе подходил к ней, улыбаясь, радостно протягивая ей обе руки и любуясь ее темными глазами, полными скорби, между тем, как ее лицо не выражало собою ни восторга, ни радости встречи. Это было скорбное лицо мученицы, добровольно пришедшей на позор и муки.

Он тихо взял ее руки, медленно поцеловал их и положил к себе на плечи.

* * *

Татьяна Михайловна принадлежала к старому купеческому роду. Еще ребенком она осталась сиротою и воспитывалась сначала в староверческом Хвалынском монастыре у тетки,

34

теперь уже умершей; там ее научили рукоделью, читать и писать, и давали заучивать наизусть "Богородицыны сны" и тексты апокрифических евангелий. А затем на двенадцатом году, когда умерла ее тетка, девочку взял в свой дом ее крестный. Таню отдали в пансион для благородных девиц, одели по моде, и пятнадцати лет она уже бойко читала на французском языке романы Поль-де-Кока и Монтепена.

В доме же крестного она познакомилась и с будущим своим мужем, Андреем Дмитриевичем Кондаревым, — тогда безбородым юношей, вольнослушателем сельскохозяйственной академии. Он только что получил в то время после смерти отца богатое наследство, но жил замкнуто, избегал шумных купеческих попоек, и купцы с удивлением говорили про него:

— Отец до старости первый бабник и сорви голова был, а сын — на вот, поди! Чистый монах! Чудны дела твои, Господи!

Но этот задумчивый и скорбный монах приглянулся пылкой девушке с милым сумбуром в хорошенькой головке, где тексты апокрифов мирно уживались рядом со страницами французских бульварных романов.

И они поженились.

* * *

Между тем, Кондарев, устало вытянув ноги, сидел в обширном кабинете Грохотова и жмурил карие глаза. А Грохотов, одетый в какой-то черный шелковый подрясник, ходил мимо него по кабинету, шелестя шелком и говорил:

— Моя жена и дети уехали в Крым, и я рад; мне никто не мешает работать, и я теперь пишу по фарфору целыми днями.

Он подходил к бесчисленным столикам своего кабинета, брал с них едва высохшие доски фарфора и показывал Кондареву картину за картиною; тому обыкновенно нравились рисунки Грохотова, необыкновенно нежные и мягкие, но теперь ему было не до них и он невнимательно проглядывал всех этих бесконечных ангелов с странными глазами, которых по преимуществу рисовал Грохотов. Здесь был и "ангел раздумья", и "ангел скорби", и "ангел-губитель", и "падший ангел". Этот

35

последний произвел на Кондарева странное впечатление, он даже никак не предполагал, что его можно изобразить именно таким, каким изобразил Грохотов. А Грохотов написал его в светлой ризе, с светлым телом, с божественными чертами лица и только выражению его глаз он придал какую-то необычайную замкнутость. Казалось, изображенный им небожитель сознавал всю тьму своего падения, но не желал поведать миру о своих мыслях и чувствах. И Кондарев глядел на него и думал:

"Почему диавол произведен не из темных стихийных сил мира, а от божественной природы ангела? Какая страшная мысль заключена в этом?"

И в то же время он припоминал, что такое же точно выражение замкнутости он видел сегодня за обедом у своей жены.

А Грохотов, шелестя своим шелковым подрясником, показывал ему уже новую доску фарфора с изображением окровавленного и опозоренного тела христианской мученицы, привязанной к хвосту дикого буйвола. И с ленивой мечтательностью в глазах он говорил Кондареву:

— Когда Столбунцов увидел у меня эту картину, он загоготал и захлебнулся от восторга. Можете себе это представить? Как-нибудь иначе он не в состоянии смотреть на обнаженное женское тело. Оно всегда вызывает в нем хохот. Он, может быть, и не виноват в этом, а мне в тот вечер хотелось застрелиться.

Он хотел еще что-то сказать Кондареву, но тот внезапно поднялся и стал прощаться. Часы кабинета пробили семь раз, и он вспомнил, что сейчас ему нужно действовать.

— Лисий хвост, лисий хвост, — шептал он, усаживаясь в казачье седло, — что-то мы сейчас с тобою узнаем?

Когда он въезжал во двор Опалихина, тени беспокойства исчезли с его лица, принявшего его обыкновенное выражение усталости. Он передал лошадь конюху и через несколько минут уже сидел в кабинете Опалихина и, прихлебывая из стакана чай, устало говорил:

— Вот теперь я что-то не припомню, Сергей Николаевич,

как это ты говорил: если жизнь столкнет одного из нас с другим...

Опалихин рассмеялся и сказал:

— Так каждый волен считать за собой все пути открытыми.

— Так неужели же все? — спросил его Кондарев, жмуря глаза, и подчеркивая слово "все".

— Все, — повторил Опалихин твердо.

— А если я употреблю мошеннический прием?

— А "уложение о наказаниях"? — вопросом же ответил Опалихин.

— Так неужели же ты признаешь только одно "уложение"? — воскликнул Кондарев со скорбью в голосе.

Опалихин оглядел его спокойными и ясными глазами.

— А тебе чего же еще надо? — спросил он насмешливо.

Кондарев беспокойно завозился на стуле.

— Ну, хоть признай слово "стыдно", — снова воскликнул он. Все его лицо выражало бесконечные муки, и он ждал ответа Опалихина с тоскою в глазах.

Опалихин отвечал:

— Стыдиться надо только глупости.

Кондарев вскочил со стула и беспокойно заходил из угла в угол.

— Ну, а слово "нехорошо"? — спросил он, останавливаясь перед Опалихиным и все еще взволнованный. — Что ты о нем скажешь, об этом слове?

— Об этом слове? — переспросил Опалихин с холодной усмешкой. — Об этом слове исписали целые пуды бумаги, а на проверку вышло: нехорошо для всякого, да вкусно для Якова.

Он звонко рассмеялся. Кондарев долго и внимательно глядел в его ясные глаза и, наконец, махнул рукой.

— Ты за своей верой, — сказал он устало, — как за каменной стеною; тебя не вышибить оттуда никакой пушкою. Что же, может быть, ты и прав!

Опалихин надменно улыбнулся.

— Моя вера хороша уже тем, — проговорил он, — что она проста и чужда путаницы. А это, ей-богу, большое достоинство.

Кондареву хотелось злобно крикнуть:

— А у собак еще проще!

Однако он не крикнул этого и снова беспокойно заходил из угла в угол, заложив руки в карманы и устало глядя себе под ноги.

— А я тебя вот еще о чем спрошу, — заговорил он, наконец, после долгой паузы, в то время, как Опалихин спокойно прихлебывал свой чай. — Так вот о чем, — снова повторил он, — почему по богословской легенде бесконечно злое существо диавола создано из бесконечно благого ангельского? Почему? Неужто в целом мире не нашлось другого более подходящего материала? Как ты об этом думаешь? — И Кондарев уставил на Опалихина тусклый взор.

Опалихин звонко расхохотался.

— А я об этом никак не думаю, — сказал он, — да и тебе не советую!

— Нет, отчего же, — усмехнулся деланной улыбкой Кондарев. — А я об этом думаю вот как, — продолжал он. — Я думаю, что, если большое зло создано по легенде из большого блага, так только потому, что оно самый подходящий для этого материал; я думаю, что в психологии между двумя крайностями расстояние гораздо короче, чем между серединой и любым из концов. Понял? По математике это, может быть, абсурд, а в психологии — аксиома, и из Павла Иваныча Чичикова ничего, кроме Чичикова, не вылепишь, а из Ивана Грозного мог выйти Антоний Великий!

Он передохнул, чувствуя, что его охватывает с головы до ног жуткое и мучительное волнение. И привычным жестом потерев себе виски, он продолжал:

— Ты говорил как-то, что я все же представляю из себя некоторый материал, из которого можно кое-что вылепить, но это неверно. Я — золотая середина, а из середины ничего кроме середины же не выйдет. Ни бе, ни ме, ни папа, ни мама, ни то, ни это! А вот ты, — ближе придвинулся он к Опалихину, — это дело другого рода, ты почти у предела, и из тебя можно сотворить кое-что недурное, но для этого, — понизил он голос до шепота, — для этого...

Он замолчал; дыхание злобы обожгло его своим мучительным огнем, и ему хотелось крикнуть:

— Но для этого, может быть, тебя нужно ударить ногою в лицо!

Он взглянул на Опалихина загоревшимися глазами.

— А где ты был сегодня в 6 часов? — неожиданно спросил он его, изменяя сразу тон и голос.

Его вопрос был так внезапен, что тень смущения метнулась по спокойному лицу Опалихина: он даже слегка побледнел, что не ускользнуло от внимания Кондарева. Однако, скоро он овладел, собою и с насмешливой улыбкой спросил Кондарева:

— А тебе на что?

И подражая ответу Каина, он с сердитым смехом добавил:

— Разве ты пастырь друга своего?

— Нет, — засмеялся и Кондарев, — но мой конюх сказал, что видел тебя в 6 часов на мельнице, а я подумал: уж не думает ли он перенести туда молотильный привод. А, ведь, водой молотить куда выгоднее! — с внезапной веселостью воскликнул он. — Как ты думаешь?

И Кондарев тронул рукою колено Опалихина.

Тот равнодушно пробурчал:

— Да, я был на мельнице.

"И вовсе нет, — подумал Кондарев, — тебя, голубчик, там совсем не было! Это я знаю наверно. Я ведь тебе о конюхе-то нарочно наврал!"

Было уже поздно, когда Кондарев, наконец, вернулся домой. Весь дом был погружен во мрак и тусклыми стеклами печально глядел на притихший сад. Кондарев тихо прошел в спальню; Татьяна Михайловна еще не спала, но лежала уже в постели. Муж подошел к ней и поцеловал ее руку. В спальне было сумрачно; только огонек лампадки мигал перед образами, и странные зеленые тени трепетали по стенам и потолку комнаты. Кондарев сбросил с себя светлый летний пиджак и остался в черной шелковой рубахе. Он был как-то удивительно настроен; свет лампадки и эти странные зеленые тени точно пугали его, и ему хотелось двигаться осторожнее и говорить тише.

— Ты где гуляла сегодня, Таня? — внезапно спросил он ее, присаживаясь на подоконник.

Она молчала; он видел ее бледное лицо, резко белевшее в полумраке комнаты, и пытливо уставился в него. Она шевельнулась; она хотела сказать: "В осиновой роще". Но тут же ей пришло в голову: "А что, если он был там и меня не нашел?"

Наконец она отвечала:

— Так гуляла... по берегу Вершаута.

А Кондарев с тоскою подумал: "О, как ты долго стала раздумывать над такими пустыми вопросами!"

VII

Татьяна Михайловна спала с бледным лицом и трепещущими ресницами, натянув до самого горла одеяло. Муж долго и внимательно глядел на нее, прислушиваясь к ее тихому дыханию. Затем он снял с своих ног высокие сапоги, обулся в мягкие татарские ичеги, а на плечи накинул желтого сукна поддевку.

Неслышно ступая красными сафьяновыми ичегами, он снова подошел к постели, где спала жена. Уперев руки в бока, он глядел на нее и думал:

"Жизнь по старой вере ушла, начинается жизнь по новой вере. А что же? Может быть там еще слаще?" Он усмехнулся кривой усмешкой и задумчиво покачал головою.

— Стыдиться можно только глупости, — прошептал он, — и что не хорошо для всякого, то вкусно для Якова.

Он вздохнул, снова покрутил головой и подумал:

"Ну, что же, Сергей Николаевич, когда так, так уж и я к Яковам сопричисляюсь. Если уж тянуться, так на одной палке. Но только понравится ли это вам?"

Он окинул унылым взором комнату, точно прощаясь со всеми наполнявшими ее вещами, близкими его сердцу. В комнате было тихо. Свет лампадки мигал перед сверкающими ризами образов, и странные тени трепетали на стенах и потолке; порою они забирались даже на постель и осторожно подползали к самой подушке, как будто любопытствуя заглянуть в бледное лицо спящей женщины. Но каждый раз они поспешно уходили оттуда, точно напуганные чем-то. Кондарев осторожно пошел вон из комнаты; он намеревался пройти в сад; ему было необходимо обдумать кое-какую идею, с самого утра неуловимо мелькавшую перед ним, а здесь он не мог сосредоточиться. Эти трепетавшие зеленые тени врывались помимо его воли в его душу и вносили раздор, тревогу и смуту. В саду он облегченно вздохнул всею грудью. Он прошел аллею раз и два, тщетно пытаясь уловить мелькающую перед ним нить, напрягая все силы своего воображения.

В аллеях было тихо; темная, молчаливая ночь неподвижно стояла в саду в такой непробудной тишине, что жизнь ни одним звуком не решалась напомнить о себе. Ни один листок не шевелился. Только Кондарев ходил взад и вперед по аллее, и его беспокойный вид так был чужд этой тишине, что сад глядел на него в гордом недоумении. И внезапно Кондарева точно что осенило; он чуть не вскрикнул от изумления и торжества; он нашел, наконец, то, что было ему так необходимо. Сначала он даже как будто не верил себе и хватался за виски, точно проверяя себя, но каждый раз после такой проверки он шептал:

— Нет, это так, так, так.

Он поспешно двинулся в дом; ему мучительно хотелось приняться за работу сегодня же.

— А там посмотрим, что из этого выйдет, — шептал он бледными губами.

Он прошел к себе в кабинет, сбросил с своих плеч поддевку и зажег лампу. Затем он подошел к столу, где стояла пишущая машинка, сосредоточенно выбрал из портфеля самый плохенький и обыкновенный конверт и такой же лист почтовой бумаги. И то, и другое он оглядел со вниманием со всех сторон; вероятно он остался доволен сделанным выбором и присел к столу за машинку. Осторожно постукивая, он на конверте изобразил: "Местное. С. Н. Опалихину". После этого он принялся за письмо. Он долго постукивал на машинке, порою отрываясь от работы, потирая лоб и хмуря брови. Казалось он обдумывал каждое слово, прежде чем занести его на бумагу, так как от каждого слова здесь зависело все. Уже белесоватый рассвет заглянул в окна его комнаты своими мутными и ничего не выражающими глазами, когда, наконец, он окончил его.

Вот что он прочитал в нем:

"Милый, хороший. Пишу тебе в страхе и ужасе. У меня голова идет кругом, и я прошу твоей помощи, твоего совета. Читай это письмо внимательней и помоги мне твоим умом. Сейчас мужа нет дома, он уехал в поле, откуда вернется не скоро, и я пишу тебе довольно храбро. А в почтовый ящик я брошу его сама.

Так вот слушай. Муж устроил мне вчера ужасную сцену. Он ревнует меня к тебе. И он умолял меня открыть ему всю правду. Он то плакал у моих ног, то грозил, что сейчас поедет к тебе и убьет тебя. И я боюсь, боюсь! Я знаю, каким диким он бывает в гневе. И я думаю, не лучше ли сказать, ему все? Правда его обезоружит, — я в этом уверена. Он все может простить, все, кроме лжи. Но как я могу сделать такой решительный шаг без твоего совета? И вот что я придумала, милый. Слушай же меня. Ты напишешь мне письмо, но адресуешь его так: В усадьбу такого-то, прислуге Матрене Федотовой. А самое письмо начнешь такими словами: Милая дочь, Матрена. Затем, — если ты советуешь мне сказать мужу всю правду, ты напиши: Вчера я купил корову. А если твой совет — лгать: Вчера я купил лошадь. После этих слов можешь писать, что угодно. Условные фразы я записала и не собьюсь. Запиши и ты их (а это письмо тотчас же уничтожь). Пиши же, родной, скорей, поддержи меня так или иначе. Я колеблюсь. Письмо подпиши: твой отец Евстигней Федотов. Такое письмо попадет только в мои руки. И ты не бойся. А если бы оно и попало в чьи-нибудь руки, так тот ничего не поймет. Я взвесила все, и письма не подписываю. Боюсь. Жду письма. Целую. Будь точен в условных фразах".

Кондарев внимательно перечитал письмо несколько раз, затем запечатал его в конверт и спрятал в бумажник. После этого он отправился в спальню. Однако ему долго не спалось, несмотря на ужасную усталость и головную боль. И поглядывая на потолок тусклыми глазами, он все думал о только что

звука. Ухом не пошевелят. Встанут, проводят завистливыми глазами и развалятся по завалинкам. И заморыш преспокойно все, что сможет, съест, а остаточек в омет закопает.

Столбунцов минуту помолчал, поглядывая на смеющиеся лица присутствующих мышиными глазками.

— Да-с, — затем продолжал он, — в собачьем мире нахальство, следовательно, признается уже за некоторый, так сказать, талант, за оружие, вполне дозволенное в борьбе за существование. Да почему же его не дозволить? За что такое преимущество силе? Что такое сила? У меня недавно здоровенного пса "Геркулеса" так-то шестеро шавок обработало, что "Геркулес" еле-еле домой приполз и до сих пор с омета не слезает. А где на сложение и вычитание дело пошло, там уж какой шут в силе. Это, ведь, давно известно, что я с товарищем могу меру картофелю съесть, если я в товарищи свинью возьму. Так-то-с, Сергей Николаевич, — усмехнулся Столбунцов лукаво и даже погрозился пальцем, — не гордитесь силой, ох, не гордитесь! Эй, не гордитесь! Ведь, и мой "Геркулес" силен и горд был, да, ведь, на омет-то залез! Залез, ведь! Залез!

Он расхохотался во все горло и внезапно оборвал смех. На балкон входили муж и жена Кондаревы.

VIII

— Господа! — громко заговорил Опалихин, когда после обильного ужина хозяйка хотела было вставать из-за стола. — Господа! Андрей Дмитрич Кондарев сообщил мне, что он привез с собою сказочку собственного своего сочинения, которую он желал бы прочесть всем нам. Не правда ли, пусть прочтет?

— Пусть прочтет, пусть прочтет! — закричали Ложбинина и Людмилочка, хлопая в ладоши.

Людмилочка, злоупотребившая на этот раз наливкой, даже почему-то добавила:

— Браво, браво!

— Пусть прочтет! — повторили все.

Кондарев, устало жмуря глаза, вынул из бокового кармана пиджака маленькую тетрадочку, передохнул от нервной дрожи и громко произнес:

Царство Разума
Сказка

— Весною, — начал он, — в 1900 году от рождества Вильяма Нельсона, великого изобретателя усовершенствованного воздухоплавательного велосипеда, в царстве Разума все обстояло благополучно. Этот год выдался каким-то особенно удачным. За весь год не случилось ни одного преступления против собственности и личности граждан. Такие преступления, впрочем, вообще, совершались здесь редко, так как общественный механизм был свинчен с такою математической точностью, с таким удивительным расчетом, что вредить соседу значило вредить себе, и обокрасть его — обокрасть себя. Должность ночных караульщиков была упразднена, и только некоторые из ревнивцев нанимали их для своих жен. Итак, все обстояло благополучно. Алкоголики были все вылечены, хронически больным найдены подходящие работы, причем часть безнадежно слепых занимали должности судей, так как все равно им никогда не приходилось рыться в законах, за отсутствием преступлений. По той же самой причине косноязычные сделались адвокатами. Даже семейных драм в этот год не произошло. Работою целых веков характер людей до того сгладился, до того был пригнан к известному желательному для разума шаблону, что люди стали похожи друг на друга, как ерш на ерша. А при таком положения вещей, об отвергнутой любви, например, не могло быть и речи; Матрене было все равно, кого бы ни любить: Петра или Семена. А для Семена и Матрена, и Марья являлись все одним и тем же ершом. Разум восторжествовал и убил чувства, все до единого: высокомерие и кротость, жалость и ненависть, любовь и враждебность. Только одно равнодушие разносилось человеческой кровью по уравновешенным и спокойным

48

мышцам. Три божества, три идеала — "выгодно", "разумно" и "полезно" — сделали то, что самая буйная область человеческой сущности была обуздана и порабощена навеки. Человек никогда, ни в чем не вредил соседу, но он был безжалостен как зверь. Царство Разума было "царством просвещенных зверей".

Кондарев передохнул, оглядел Опалихина усталым взором и продолжал:

"Но люди не сознавали этого; они не сознавали, что они звери, что они хуже зверей, у которых все же есть намеки на чувства, в то время, как у них не было ничего, ничего, кроме инстинкта самосохранения, инстинкта искусно сложенного каменного сооружения, противополагающего удару молота свою крепость и за себя, и за соседа. И люди неустанно трудились над созданием этого каменного бегемота целые века, совершенствуя бесчисленные винтики и колеса, напрягая весь свой разум и все усилия, тогда как во имя того же самосохранения, им нужно было разнести все это нелепое здание по камню. Они наслаждались покоем и счастьем, воображая, что это счастье прочно, между тем, как в мире не было ничего более опасного и более ужасного самого этого колосса. И было достаточно одного камня, брошенного под колесо машины, чтобы произошла катастрофа со всею свирепостью, на которую только способна машина. Однако, по наружному виду трудно было угадать о ее близости. Весна стояла теплая, благодатная, урожай обещал быть баснословным, и поля, удобренные азотом, добытым непосредственно из воздуха, зеленели своей тучной щетиной, как непролазные дебри болота. А, между тем, камешек был так близок.

И вот, в Великий город, являвшийся центром царства Разума, внезапно проник слух, что в одном из маленьких городков царства на людях появилась неслыханная, ужасная болезнь, не поддающаяся никаким средствам медиков, от которой люди мрут, как мухи, в неимоверном количестве и с изумительною быстротою. Великий город слегка заволновался. Лучшие медицинские силы были отправлены в городок, пораженный ужасным мором. Но силы возвратились и дали ответ, что борьба с неизвестной болезнью — бесполезна. Болезнь не поддается никакому лечению, и ее исход — смерть. Наука в настоящем ее положении, несмотря на весь свой великолепный багаж, является здесь бессильной и может дать только один совет: строжайший карантин. Это единственное средство: других, к сожалению, нет.

Великий город поволновался и успокоился. Ну, что же? Карантин, так карантин. Городок обречен на смерть, но что же делать? Строжайший карантин обложил городок, с наказом, чтобы и мышь не пробежала. А пытающихся прорваться — сжигать, благо средства к тому наукою выработаны. Но, несмотря на ужасный карантин, новое страшное известие вскоре вновь взволновало Великий город. Болезнь перекинуло, как в пожар перекидывает головешки, еще в один соседний городок, а затем в другой и третий, а почему, и отчего, — неизвестно.

Снова были посланы медицинские силы, и силы снова дали ответ: никакой карантин не поможет и помочь не может. Ужасные зерна болезни сохраняются в почве неопределенное время здравыми, невредимыми и вполне годными к жизни, а затем они разносятся по воздуху ветрами. В таком смысле высказались медицинские силы, и сообщение это было тотчас же обнародовано. Город заволновался. В первый раз в царство Разума заглянул ужас. Толпы народа загудели по улицам города, как волны моря под натиском бури. Люди поняли, что хотя наука узнала многое, но неизвестные земли все же существуют и для нее. Великий город загудел, как гигантский улей, всполошенный горящею головнею. А лучшие умы всей страны три дня и три ночи почти без сна и пищи сидели в храме науки, производили опыты и совещались. Наконец, результат их самоотверженной работы был объявлен забушевавшему городу. Вот что узнал он:

Зерна болезни гибнут только в огне, плавящем железо, а потому, чтобы прекратить дальнейшее распространение мора, надо сжечь всю охваченную болезнью область, со всем, что заключается в ней, прокалив даже самую почву. Техника обладает нужными для того средствами, но жечь ли? Не выждать ли? Охваченная мором область, одна из хороших житниц царства, и подписать ей смертный приговор, не взвесив всех обстоятельств, не совсем разумно. А, между тем, через неделю, через две, может быть, будет найдено более целесообразное средство. Но и выжидать, впрочем, не безопасно. Итак: жечь, или выжидать?

Толпа заревела как исполинский зверь:

— Жечь!

Инстинкт самосохранения сказался.

Город немедля приступил к сооружению десяти гигантских башен, с вершины которых должны были быть направлены на несчастную область жестокие лучи тепловых солнц. Работа шла с головокружительной быстротой и скоро десять чудовищных исполинов высоко подняли свои металлические головы над крышами города. Между тем, пронырливые и ловкие антрепренеры устраивали громаднейшие амфитеатры, откуда любопытная публика могла бы созерцать величественное зрелище пожара целой области. И вот, наконец, настал назначенный для этого день. Великий город гудел и волновался с утра, переполняя чудовищных размеров амфитеатры, куда то и дело подъезжали экипажи, с мило болтающими женщинами и сдержанными, спокойно рассудительными мужчинами. Роковой момент приближался; уже с металлических голов высоко вздымавшихся чудовищ зловеще мигнули зеленые глаза тепловых солнц, управляемых умелыми руками, и переполненные народом бесчисленные ярусы многоэтажных амфитеатров затаили дыхание, как вдруг ужасающий рев всколыхнул окрестность. Амфитеатры внезапно увидели в небе зеленые столбы теплового света, направляемые откуда-то и, очевидно, столь же искусными руками на самый Великий город. И они поняли все. Обреченная на сожжение область узнала о готовящейся ей участи и соорудила точно такие же чудовища, решившись на отчаянную борьбу за жизнь. Область взбунтовалась. И борьба началась. Бесчисленные зеленые лучи, как скрещенные мечи, сверкнули в небе, озаряя окрестности зловещим зеленым светом. Зеленые пятна света замелькали по крышам многоэтажных зданий... И вдруг Великий город испустил мучительный рев обожженного раскаленным железом быка. Бросив смертоносные копья тепловых лучей в грудь пораженной области, он принял и сам ее смертельный удар. Столбы дыма и пламени, как взрывавшиеся бомбы, показывались то там, то сям с ужасным шипеньем. Зажженные амфитеатры с грохотом рушились, и исступленный вой бешеного зверя, запертого в ловушку, носился в воздухе. А на горизонте вздымались такие же точно столбы дыма и пламени. Это горела обреченная на смерть область. Царство разума погибало. Камень был брошен, равновесие нарушено, и ловко свинченная машина поедала самое себя, с жестокостью попорченной машины, в диком реве и гуле, в дыму и пламени".

Кондарев замолчал и спрятал тетрадочку обратно в свой карман.

— Сказочка ничего себе, — сказал Опалихин, — жаль только, что в ней масса неточностей. Ты, например, совершенно исключаешь в гражданах Царства Разума жалость, а, между тем, в этом царстве каждый сосед должен будет жалеть соседа, ну, хотя бы вот так же, как хозяин жалеет домашний скот. И потом эта ужасная развязка, — продолжал он, — чтобы устроить ее, тебе потребовалось призвать на помощь какой-то удивительный мор. А это натяжка. При таком море едва ли возможен порядок в каком угодно благоустроенном царстве. И, следовательно, сказочка решительно ничего не доказывает. А, впрочем, она ничего себе! — заключил Опалихин с ясной улыбкой.

"А не прочитать ли мне вслух письмо Евстигнея Федотова? — вдруг пришло в голову Кондарева. — Ну, хоть как образец крестьянского изложения мыслей. Вот подскочит-то", — думал он об Опалихине. Он побелел, как полотно; мучительная улыбка искривила его губы. Горячий вихорь дикого желания наскочил на него и закружил в своем бешеном водовороте. Его рука снова полезла в боковой карман пиджака.

Людмилочка взвизгнула.

— Да что ты делаешь! — вдруг крикнул Опалихин, бросаясь к Кондареву и ловя его за локти.

52

Кондарев с качающейся на плечах головой сползал с своего стула под стол.

— Обморок, — проговорил Опалихин, — ублажил самого себя сказочкой. Ну, люди! — И он поднес к побелевшим губам Кондарева стакан воды.

— Хочешь, Таня, немножко прокатиться со мною? — спросил Кондарев жену, когда они уже сидели рядом в фаэтоне, уезжая с вечеринки Ложбининой.

Татьяна Михайловна безмолвно кивнула головою.

— Так провези нас сначала полем, а затем домой. Да потише, — сказал Кондарев кучеру.

И покойнее усаживаясь в угол экипажа, с тем расчетом, чтобы ему было видно лицо жены, он заговорил:

— Я хочу рассказать тебе, Таня, крошечную, крошечную сказочку. Я слышал ее от одного плутоватого татарина в пыльном степном городке, на конной ярмарке. Татарин называл свою сказочку "сказкой о Христе и Магомете", и когда он говорил ее, его узенькие и раскосые глазки лукаво светились от удовольствия. Ему казалось, что этой сказочкой Магомет очерчен куда величественнее, чем Христос, и чувство удовольствия, светившееся при этом в его глазах, делало честь его религиозности.

Кондарев замолчал, приваливаясь в угол экипажа. Татьяна Михайловна смотрела на мужа своими мерцающими глазами и видела, как тени разнородных чувств скользили по этому белевшему во мраке лицу, освещая его как бы вспышками какого-то огня.

Они уже въезжали в поле; слабые звуки сельской жизни едва достигали сюда, обещая впереди благоговейную тишину. Татьяна Михайловна внезапно схватила руку мужа и сдавила ее нервным и коротким пожатием.

— Ну, что же ты замолчал? — спросила она.

Кондарев точно очнулся от сна.

— Татарин говорил мне так, — начал он. — Однажды в одной пустыне Бог свел Христа и Магомета, и выпустил на них двух диких львов, для того, чтобы Пророки показали Ему свою силу. И когда лев подбежал к Магомету, Пророк перерубил его пополам своею саблей, а Христос обласкал подбежавшего к нему льва рукою и поехал на нем верхом. Этого льва, говорил татарин, люди долго показывали по городам в клетке, но когда человек однажды вошел к нему, лев задрал его насмерть. Что можно Христу, пояснял татарин, того нельзя человеку, — и с лукавой улыбкой он добавлял — Магомет лучше! А иногда он заключал свою сказку так: и ваша верэ и наша верэ — одно. Только у вас ад горячий, у нас — калудный. "Калудный" означало холодный.

Кондарев замолчал. Татьяна Михайловна слабо улыбнулась. Они уже давно ехали полем. Последние отголоски сельской жизни остались далеко позади, и ни один звук не врывался сюда. Одна бесконечная равнина высокой ржи, вся оцепеневшая под ночным небом, лежала перед ними в могучей красоте. Дыхание ее великой груди проносилось порою из края в край теплой и легкой волною, оставляя за собой мягкий и протяжный шелест. Здесь не было ничего лишнего. Здесь было только небо и звезды, да бесконечное море ржи, да вот этот протяжный шелест. И только. Но все это было так удивительно красиво и просто. Так просто, что, казалось, и лошади чувствовали всю божественную прелесть этой простоты, и они шли, чуть колыхая крупами и кивая умными мордами, шли каким-то особенным степенным шагом, как будто гордые сознанием того, что и их коснулась эта святейшая благость.

Кондарев оглянулся на жену и не узнал ее лица. Она глядела прямо перед собою скорбными мерцающими глазами, и все ее побледневшее лицо трепетало в молитвенном созерцании и муках покаяния.

Муж понял ее. Он слишком хорошо знал весь склад ее мыслей. Она думала. "Господи Боже наш! Светлый и чистый! Жертва и Сила! Кротость и Слава! Взгляни на муки наши и порази зверя, сидящего в нас, саблей". Кондарев взял руку жены и тихо пожал. Он умышленно рассказал ей сейчас эту сказочку.

— А вот что, Таня, — внезапно спросил он ее ласково и укоризненно, — почему ты детей сегодня на ночь не благословила? Это так нехорошо!

Он видел, какой мукою дрогнули ее губы. У него замерло сердце. Она прошептала:

— Забыла.

Но он понял по ее лицу, что она не забыла, а не смела. Он тихо сказал кучеру: "домой!" и с мучительной тоскою подумал: "О, как я ее ударил, как я больно ее ударил, и неужели же у меня хватит и сил и мужества ударить ее еще больнее? Для кого же и для чего же все это нужно?"

IX

В светлом летнем костюме и в высоких сапогах, весь словно сияющий холодным и спокойным светом Опалихин стоял на берегу реки и наблюдал за работами. А работа кипела здесь ключом, и звонкие веселые звуки носились в воздухе. Здесь, на реке Урлейке, в семи верстах от своей усадьбы, Опалихин возводил новую плотину. Старая, устроенная по первобытному способу, почти из одного хвороста, оказывалась никуда негодной, и ее ежегодный ремонт стоил больших денег. И вот Опалихин приступил к сооружению нового образца плотины, совсем без хвороста, которая вся должна была состоять из одних только затворов, разбивающихся в вешнюю воду.

— Мы воды не тронем, — шутил Опалихин с рабочими, — иди, красавица, в какие хочешь ворота, — так зачем же она нас будет обижать?

Кроме того, здесь же, на той же Урлейке, несколько ниже плотины, на зеленом мысу, он ставил маленький винокуренный завод. Каменщики, перемазанные в глине и извести, выкладывали уже стены, а извозчики в телегах, покрытых красною пылью, подвозили кирпич. И все эти работы оглашали воздух радостным звоном. У плотины, над светлыми водами Урлейки, гулко бухала бабка, заколачивая сваи. На берегу пела живая цепь рабочих, подтягивавшая на канатах тяжелые сосновые бревна, еще пахнувшие бором. Где-то шипело точило, натачивая топор; слышались шлепки глины; шуршал кирпич о кирпич. И все эти разноголосые звуки, сливаясь в своеобразную мелодию, носились в этом блеске светлого дня, припадали к водам реки и будили в сердцах копошившихся здесь людей веселую бодрость труда, как труба будит солдата. Люди бегали, ходили, осторожно перебирались по бревнам над водами речки, сгибали спины под тяжестью, вздымали руки, вооруженные сверкающими топорами, упирались ногами, подтаскивая бревна, пыхтели, кричали, пели.

И приречные кусты откликались людской работе протяжными вздохами.

Живая цепь рабочих, как будто порывом бури вся наклоненная в одну сторону, в распоясанных рубахах, с расстегнутыми воротами, пела:

> Ка-а-ма стыд свой потеряла,
> Как бурлака увидала, —
> И-эх, дубинушка, ухнем!

И Опалихину было весело слушать всю эту звонкую музыку труда, глядеть на напрягавшиеся мышцы, на покрытые потом лица, на засученные рукава, на молодую бодрость еще неуставших сил, на живой блеск глаз.

"Вот она — жизнь, — думал он, — жизнь — молодая и бодрая красавица, смелая, задорная и бойкая; она не прочь и потрудиться, не прочь и кутнуть. Зачем же навязывать ей то, чего у нее совсем нет, и как можно отказываться от ее горячих ласк?"

Ясными и смелыми глазами он окидывал веселые извивы Урлейки и всю сверкающую на солнце окрестность и думал снова: "Вон Урлейке забавно разорять мои плотины, а меня радует перехитрить ее, и кто же тут виноват? Жизнь — борьба, но в этой борьбе вся наша радость и счастье, и да здравствуют победители!"

С плотины протяжным напевом неслось:

> И-эх, сказала Волге Кама,
> Что тебе за дело, мама!

В то же время Кондарев ехал к Опалихину. Он прекрасно знал, что того сейчас нельзя застать дома, что Опалихин на мельнице, и вот поэтому-то он и ехал к нему.

— Барин дома? — спросил он молодого, чистенько одетого паренька, прислуживавшего Опалихину и теперь встретившего Кондарева в прихожей.

Паренек улыбнулся, лицо у него было курносоватое, все в крупных рябинах, но он очень гордился им и держал себя в чистоте и был бесконечно весел.

— Никак нет-с; они-с на мельнице.

— Анис в лугах, — пошутил Кондарев, — а на мельнице мука да вода. — И беспечно оглядев фыркнувшего паренька, он добавил:

— Я подожду барина в кабинете. Слышал?

Кондарев вошел в кабинет Опалихина. И едва только он переступил порог кабинета, беспечное выражение ушло, с его лица. Глаза его блеснули тревожно; он побледнел и беспокойно заходил из угла в угол.

"Что же это такое, — подумал он, внезапно останавливаясь посреди кабинета, — неужели я на попятный задумал играть? Каких это таких страхов я испугался?"

Он опять прошелся по кабинету с бледным лицом и беспокойно сверкающими глазами.

— Нет, если идти, так уж идти до дна! — хотелось ему кричать на весь кабинет. — Бить, так уж бить так, чтобы голова под облака улетела!

Он тяжело передохнул и снова остановился посреди кабинета с тревогою в глазах. Мучительные колебания бегали по его лицу кривыми судорогами. Казалось, он твердо решился переступить через какую-то черту, но что-то удерживало его перед нею могучим и властным окриком, порою только удесятерявшим бешенство желаний, приходивших в ярость, как зверь под ударами плети. Иногда же он ловил себя на мысли: "Ведь, назад сыграть, еще можно будет, зачем же преждевременно рюмить". В конце концов он как будто бы несколько утешил себя именно этим и с мучительною смелостью двинулся к письменному столу Опалихина. Сперва он внимательно оглядел самый стол, заходя с боков и сзади и даже нагибаясь под его доску. Это был несколько оригинальный стол, блестяще-черный, с узенькими: золотыми бордюрчиками на ящиках и желтым, золотистым сукном. И казалось, он остался доволен его обзором. Затем с резкими и быстрыми жестами, точно боясь, что его опять потащат назад, он достал громадную связку ключей и, наклоняясь над ящиком стола, стал подбирать к нему ключ, быстрыми движениями пальцев откидывая негодный обратно в свою связку и принимаясь за следующий. Однако, вся связка оказалась негодной; резко и торопливо он сунул ее обратно в карман и достал новую. Несколько минут он работал так, наклонившись над столом, переменяя связку за связкой, бледный, с насторожившимся лицом. И вдруг злая улыбка торжества, освятила его лицо. Нужный ключ отыскался; замок дважды звякнул, открыв и закрыв ящик. Тогда он снял этот ключ со связки и испробовал им замки всех ящиков стола; ключ отпирал и запирал все до единого. Убедившись в полной пригодности ключа, Кондарев оглядел его внимательно и пристально, как человека, с которым придется делать большое дело, и спрятал его отдельно в карман жилета. Однако и этого ему показалось мало, и он тотчас же снова достал его оттуда и перепрятал в кошелек как драгоценность. После этого, с донельзя утомленным лицом, с расслабленными жестами человека, измученного непосильной работой, он подошел к дивану, удобно уселся, привалившись спиной в угол и, закрыв глаза, положил на колени ладони. Казалось, он ничего не видел и не слышал и только отдыхал.

— А-а, — холодно и насмешливо протянул Опалихин, увидев Кондарева в своем кабинете, — весьма рад видеть мой лучший друг!

Кондарев поднялся ему навстречу с дивана. Они поздоровались.

— Да что тебе нездоровится, что ли? — спросил его Опалихин.

Он весь точно светился спокойствием и ясностью и от каждого его мускула еще веяло рабочей энергией.

— Нет, я ничего, — говорил Кондарев, снова усаживаясь на диван с расслабленными жестами, — я всегда такой, ведь ты меня знаешь?

Опалихин присел к письменному столу и стал рассказывать ему о работах на мельнице.

— А знаешь, — говорил он через несколько минут Кондареву, — знаешь, почему ты такой?

— Какой такой?

— Ну, как бы тебе сказать? Ну, кислосоленый, что ли, — усмехнулся Опалихин, — оттого, что у тебя никакой веры нет. Это поверь мне. Вера — сила. И я если и силен, так только своей верой.

— Да что ты? — с деланным изумлением воскликнул Кондарев.

— Вера в какую хочешь критическую минуту придет и выручит. Она и через море посуху проведет. Вспомни Авраама. Человеку сына нужно было зарезать, и что же? Пошел светлый и ясный. А почему? Да все потому же! Вера-с!

Кондарев внезапно побледнел:

— Вот как! — проговорил он. Он точно не ожидал такого оборота от Опалихина и некоторое время глядел на него как бы с изумлением.

— Так стало быть по-твоему выходит, — наконец заговорил он задумчиво и даже с дрожью в голосе, — по-твоему выходит, что — если человек ради торжества веры своей, против этой же самой веры пойдет, т. е. против заповедей этой веры, — поправился тотчас же он, — так это подвиг стало быть? И если стало быть человек...

Однако он не договорил; он как бы уже окинул что-то своими собственными глазами, без помощи постороннего, и продолжение вопроса для него оказывалось лишним. И он замолчал; а затем, внезапно оживившись, он заходил по комнате и заговорил, что за чудо травы нынешний год в его полях. На его щеках начинал загораться румянец, а он все бегал по комнате и с возбужденными жестами говорил и говорил. Его точно несло потоком, и лихорадочный блеск светился в его глазах; наконец, неожиданно остановившись перед Опалихиным, он спросил его:

— А как по-твоему, — падающего толкнуть надо?

Опалихин недовольно поморщился. Болтовня Кондарева как будто начинала ему уже надоедать.

— А почему ты меня об этом спрашиваешь? — спросил он его в свою очередь недовольным тоном и с легкой гримасой.

— Да так уж! — возбужденно воскликнул Кондарев. — Нужно мне это, уж поверь, нужно! — повторил он, снова забегав по комнате.

— Если хочешь знать, — отвечал Опалихин, — толкать то, что и без того падает, я нахожу напрасной тратой энергии. А впрочем, — добавил он, — в лесном хозяйстве приходится к этому прибегать; все же лучше воспользоваться полусгнившим деревом, чем гнилью.

Кондарев с восторгом глядел на него.

— На все у него готов ответ! — воскликнул он, закатываясь исступленным смехом. — Ну, ведь это просто чудо, что такое? То есть прямо-таки кладовая какая-то! Нет, конечно, — вскрикивал он с возбужденными жестами и весь красный, — конечно! Сейчас же перехожу в твою веру. Сию же минуту! Баста! И я человеком хочу быть! К черту кислосоленую меланхолию!

Он был точно в бреду; однако, Опалихин, казалось, не замечал этого и глядел на него чуть-чуть презрительно, но вместе с тем и весело. Вид Кондарева теперь как будто начинал его забавлять.

Между тем Кондарев бегал из угла в угол по кабинету и потирал руки.

— Впрочем, мне немножко кажется, — с улыбкой заговорил он, подбегая вновь к Опалихину, — мне чуть-чуть кажется, что отчасти ты свою веру заимствовал. И знаешь откуда, — плутовато улыбался он в лицо Опалихина, — знаешь откуда? Из пятого евангелия!

— Из какого пятого? — спросил Опалихин небрежно.

— От Фридриха... — протянул Кондарев, подражая голосу дьякона, — от Фридриха Заратустры! — он расхохотался.

— Не знаю, — небрежно усмехнулся Опалихин, — не все ли равно, откуда пчела мед набрала, мед хорош — и ладно!

— И опять ответ! — воскликнул Бондарев. — Нет, решительно перехожу в твою веру! Сию же минуту! — Он снова рассмеялся; почти все свои вскрикиванья он теперь сопровождал смехом.

— Ну-с, — забегал он по комнате, — как бы только нам это устроить? То есть присоединение-то это к новой вере! — Он что-то искал глазами, бегая по комнате, и, увидев в углу трость Опалихина, побежал к ней.

— Вот все, что нам нужно! — вскрикивал он, схватывая трость и потрясая ею.

Все его лицо было в красных пятнах; глаза горели. Алые пятна выступали даже на его лбу, над бровями.

— Вот самый подходящий инструмент. Опалихинская палка! — вскрикивал он. — Этой самой палкой я буду... — он не договорил, раскатившись смехом.

— Я буду клясться, — продолжал он и положил палку на стол. — Вот взгляни! Любуйся и слушай!

Он стал в величественную позу, отставил ногу, выпятил грудь и положил руку на палку. Опалихин глядел на него с холодной усмешкой. Болтовня Кондарева снова стала ему противна. Это было заметно по его презрительной усмешке.

— Клянусь, — между тем с комичной торжественностью говорил Кондарев слово за словом, — клянусь вот этою самою опалихинскою палкою отныне всем сердцем моим и разумом признавать лишь нижеследующее: в борьбе все пути открыты. Это первое. Второе. Что не хорошо для всякого, вкусно для Якова. Третье. Стыдится надо только глупости. И четвертое. Толкать падающего — напрасная трата энергии. Все-с!

Кондарев побежал с палкой Опалихина обратно в угол. Затем он тем же порывистым жестом достал из кармана кошелек, вынул оттуда ключ и, быстро вращая его в своих тонких пальцах, заиграл им перед глазами Опалихина.

— Вот погляди, — говорил он с веселым возбуждением, точно в конец охмелевший, — вот полюбуйся! Вот ключ! И с этим самым ключом я в новые двери иду! Понял? Нет? Как хочешь! — и он снова опустил ключ в кошелек и спрятал его в карман.

После этого он опустился на диван и замолчал. Когда Опалихин, удивленный его внезапным молчанием, обернулся к нему, его щеки были уже совсем бледны, а глаза глядели в противоположную стену и устало жмурились.

— Вот ты всегда так, — сказал ему Опалихин, — смеешься, смеешься, а потом точно в воду нырнешь. И смех твой — нездоровый смех, капризный, женский, нервный. Впрочем, иногда, он похож на ребячий.

Кондарев не отвечал ему ни слова. Он как будто считал все дело сделанным.

Однако, уже усаживаясь в экипаж, он вдруг вспомнил, что им сделано далеко не все. "Как же это я так? — подумал он, — о самом-то главном чуть-чуть и не позабыл!" — Он выпрыгнул из экипажа и снова вошел в кабинет Опалихина.

— У меня к тебе дело было, — сказал он тому с усталым видом, — да я чуть, признаться, не позабыл. Помнишь, ты мне хотел дать образцы шуваловского овса? Они у тебя в письменном столе кажется, в нижнем ящике, налево.

Опалихин нагнулся к столу и достал из кармана небольшой бронзовый ключ. "Ключ от стола он в кармане носит, — подумал Кондарев, — это хорошо!" — И он добавил вслух:

— Вот сразу видать делового человека, и ключ от стола в кармане, а у меня другой раз ищешь-ищешь, — развел он руками.

— А как же иначе-то, — отвечал Опалихин и вручил Кондареву образцы овса.

"Так ключ от стола у него всегда при себе, — думал Кондарев всю дорогу, — и если я захочу его бить, так уж без промаха стало быть".

Впрочем, тут же он добавил: "Может быть я до конца и не дойду и на вершок от края отбой сыграю и назад оберну. Ну, да там виднее будет!"

У самого крыльца своего дома он нагнал бабу; баба кивала

ему коричневым лицом и совала в руку какой-то грязный узелок.

— Что тебе, милая? — спросил он ее.

— Да вот твоей хозяйке, — заговорила баба, — в гостиниц; пользовала, она меня, спасибо ей, от ноги; то бишь, от горла, или бишь...

Баба спуталась, и по ее лицу бродило замешательство.

— Средствие, то бишь, она мне давала от горла, — наконец нашла она истинный путь, — а пользовала я им ногу!

— И помогло?

— Как тебе рукой сняло! — в умилении доложила баба.

И видя, что Кондарев отстраняет ее узелочек, она торопливо и ласково восклицала ему вдогонку:

— Ну-ну, что же ты, милый! Нам ведь не жалко! Не погнушайся уж, Христос с тобой!

А Кондарев входил в дом и думал: "Вот тут так уж вера, истинная вера, могучая вера. Авраамовская вера!"

Через несколько дней ночью в кабинете Кондарева случилось маленькое несчастие: неосторожно он опрокинул на письменном столе лампу, и стол несколько пострадал от огня. Нужные бумаги, впрочем, уцелели все, стол же пришлось вынести в кладовую. На другой день утром Кондарев уехал в губернский город по каким-то неотложным делам, и вместе с тем он хотел приобрести там кстати и новый письменный стол, о чем он и сообщил жене.

X

Татьяна Михайловна стояла на зеленой ложбине у "Поющих ключей", глядела на Опалихнна и с возбужденными жестами говорила:

— Какая же это любовь? Ты сам говоришь "любовь — счастье". А здесь — мука. Так, стало быть, это не любовь!

Опалихин смотрел на нее спокойно и насмешливо.

— Это все оттого, — возражал он ей, — что ты не умеешь жить. Ты вся оплетена предрассудками и бьешься в них, как муха в паутине. Я прошу тебя об одном, — продолжал он уже совсем весело, — будь чуточку посмелее и ты убедишься, что паутина есть только паутина и порвать ее — сущий пустяк. А ты принимаешь эту паутину за морской канат!

Он рассмеялся и добавил:

— Однако пойдем отсюда: здесь солнце. А я хоть и люблю ясность, но не до такой степени.

Они двинулись вверх по отлогому скату. Скат благоухал мятой, и пение "Поющих Ключей" звенело в листьях.

— Ты сказал, — заговорила Кондарева, — ты сказал, что я не умею жить. Это неправда; я чутка к жизни и я люблю ее, но теперь у меня путаница в чувствах...

— Не в чувствах, а в мыслях, — поправил ее Опалихин, двигаясь рядом с нею по отлогому скату.

— Нет, в чувствах, — чуть не вскрикнула Кондарева с возбужденным лицом. — Пойми меня, в чувствах!

Опалихин усмехнулся.

— Чувства — ясны, как день, — проговорил он, — а идеи бывают ужасно спутаны; это верно. Я люблю ее, и ненавижу его, я хочу есть. Какая же тут может быть путаница?

Он скользнул по ней насмешливым и спокойным взором и добавил:

— Вся штука в том, чтобы и идеи сделать такими же ясными и простыми, как чувства, а люди трудились только над тем, чтобы запутать их как можно более. И вот в этом-то все наше несчастие. — Он искоса оглядел ее.

Она не отвечала. Они были на зеленой поляне, как венком окруженной молодыми березками; здесь было прохладнее, и пение "Поющих ключей" едва доносилось сюда грустным аккордом. Кондарева села на пенек и уронила на траву зонтик. Ее глаза теперь глядели с недоумением, и она как будто все что-то решала про себя. Оживление мало-помалу исчезало с ее лица.

Опалихин поместился у ее ног.

— Мне бывает так стыдно, так горько, — зашептала Кондарева, как будто разглядывая что-то вдали.

Она слегка побледнела и выражение тревоги мелькнуло в ее недоумевающих глазах.

— Иногда мне кажется, — говорила она в задумчивости, — что я люблю тебя, а иногда — словно ненавижу. И не мил ты мне, не мил, не мил. Отчего бы это? — слегка развела она руками. — А мужа мне стыдно, — продолжала она, — и детей стыдно, — добавила она совсем шепотом, — я уж и не помню, когда я с ними и играла-то. Сторонюсь я от них!

Опалихин глядел на нее и укоризненно шептал:

— Ах, Таня, Таня! Разве же можно быть такой глупой!

Но она точно не слышала его и с тем же недоумевающим выражением на лице шептала:

— Ты мне сильным приглянулся, а пожалела я тебя слабого, когда ты чуть не расплакался там, в городе... И мужа я вот также жалела, — добавила она тем же шепотом.

Внезапно она замолчала; глаза ее подернулись туманом, лицо побледнело, и губы как-то странно кривились. Казалось, она хотела сказать Опалихину что-то самое главное, но у нее не хватало сил и решимости. Опалихин увидел бледность ее лица и торопливо схватил ее за руки.

— Ну, что ты, Таня? — вскрикнул он, придавая своему голосу умышленно-веселый тон. — Что же это, Таня!

Он стал трясти ее руки, как бы стараясь пробудить ее от сна. Она молчала и только ее глаза светились туманным светом.

— Я наш колокол монастырский слышала, — наконец прошептала она с жалкой улыбкой, — а зачем он звонил? — пожала она плечом. — Стало быть нехорошо!

Он тряс ее руки и повторял:

— Ах, Таня, Таня! Как это стыдно: верить сказкам!

Он заглядывал в ее глаза, пытаясь рассмешить ее взглядом и жестами.

— Когда я к тебе в первый раз пришла, — между тем шептала она, — и вот тут у березы стояла... И слышу, он звонит; наш, монастырский. А потом в поле, с мужем я ехала...

— Да будет же тебе! — вскрикнул Опалихин с досадой.

Он тихо снял ее с пенька и привлек к себе. Она

расплакалась, а он стал целовать ее руки, глаза, губы. Ее горе слегка тронуло его.

— Пойми, глупая, — шептал он ей вразумительно и шутливо, — какое может быть преступление любить того, кого любится. Виноват ли я в том, что мне нравится зеленый цвет, а не красный? И если вкус мой внезапно изменится, — так ведь я-то тут при чем? Вот в детстве я любил манную кашу, а теперь я ее не выношу. Просто от одного ее вида тошнит. Кто же тут виноват? Природа, создавшая мой язык и зрение? Но ведь протестовать против законов природы — бессмыслица.

— Впрочем, — добавил он уже со смехом, — пересоздайте меня, если можете; я против этого ничего не имею.

Он стал качать ее в своих руках как ребенка, и это успокаивало ее как будто. Вокруг было тихо; запах мяты носился над ними, и пенье родников грустно журчало в листве.

— Мы ни в чем не виноваты перед твоим мужем, — говорил Опалихин, покачивая ее, — наоборот, мы приносим ему жертву, оставляя его в сладком неведении. Что же? Нераскрытый обман есть истина, и когда наука верила, что солнце ходит вокруг земли, это было истиной для всего человечества.

Он замолчал и стал целовать ее бледную щеку. Она не открывала своих полузакрытых глаз, и ее рука лежала вокруг его шеи. Неподвижный воздух, теплый и невыразимо мягкий, обнимал ее всю, как вода. А порою тихая волна лениво ползла над нею, и она слышала, как деревья что-то бормотали в полусне, касаясь друг друга шелестящим листом.

Уже расставаясь с нею, Опалихин спросил:

— Ну-с, успокоился ли, наконец, он, и как поживает его ревность?

Татьяна Михайловна догадывалась, кого разумеет Опалихин под словом "он", но тем не менее она не понимала вопроса. Муж совсем не ревновал ее все последнее время. Опалихин изумился, когда услышал ее ответ; несколько взволнованный он рассказал ей содержание полученного им письма и о том, какой ответ послал он за подписью Евстигнея Федотова.

Но она все-таки ничего не понимала.

— Проживает ли, по крайней мере, у вас в усадьбе Матрена Федотова? — допытывался Опалихин.

Она отвечала, что теперь не проживает; раньше действительно, у них служила прачкой Матрена Федотова, но недели три тому назад она рассчиталась и нанялась к Столбунцову.

Они взволновались оба и принялись решать задачу вдвоем. Проделка была очевидна, и автора проделки нужно было разыскать во что бы то ни стало.

Несколько минут они взволнованно переговаривались об этом. И вдруг Опалихину показалось, что он нашел этого автора.

— Это Столбунцов, — сказал он Татьяне Михайловне. — Это — никто больше, как Столбунцов. Матрена Федотова проживает у него и он автор этой проделки. Платоша Столбунцов.

— Но какова бестия! — воскликнул он в негодовании.

— Впрочем, — успокаивал он Кондареву, — он сделал это не ради шантажа. Он даже и для шантажа слишком мелок и труслив. Это поверь мне. Он сделал это ради праздного любопытства. Он кое-что подозревал и все подсмеивался надо мною: "А захочу, так узнаю наверняка! Это ведь только мужья никогда ничего не узнают. Одни только мужья!"

— Вот каналья-то! — восклицал Опалихин с резким жестом.

Но все-таки проделка эта его нисколько не обеспокоила, а в конце концов только смешила.

"Столбунцов и я, — думал он, — ну, может ли мне повредить такая козявка!" — И он презрительно усмехался своими яркими губами. Его беззаботный и смелый вид успокоил как будто и Татьяну Михайловну, и ее лицо снова оживилось.

А вечером, с лицом, освещенным каким-то чистым светом, она сидела в саду на скамье, держала на коленях белоголового Юрку и говорила Косте, который, впрочем, в настоящую минуту от головы до пят был уже Люцианом:

— Вот что, Люциан, — говорила Татьяна Михайловна деловито, — ступай и скажи Норману, что бизоньи языки караулить не к чему. Лучше идите к Франциску искать вместе клубни дикого картофеля.

Люциан слушал ее внимательно, но некоторое время стоял как бы в замешательстве. Казалось, что он затруднялся передать столь сложное поручение половой щетке, но не знал в какой более приличной форме объяснить это старшему брату Базилю.

— Да, вот что, — проговорил он наконец, — я лучше только с Франциском; ведь Норман все равно ничего не поймет!

И он капризно дергал плечом, подражая жесту матери.

— Как же не поймет, — возражала Татьяна Михайловна, — ведь тебе же известно канадское наречие?

Это возражение совершенно успокоило Люциана, и через несколько минут он уже прыгал с диким видом по старым грядкам запущенных огородов и беспощадно таскал за собою мужественного канадца. Таскал он его попросту и без церемоний: прямо за волосы, которые, как известно, отличались у канадца необычайной жесткостью и походили на щетину. И канадец не протестовал. Такой прием, очевидно, выражал собою беседу на канадском наречии.

В то же время Татьяна Михайловна показывала Юрке на звезды и говорила:

— Это ангелы, светлые, чистые ангелы, Божьи любимцы. Они любят тебя, потому что и ты светлый и чистый. У тебя нет в сердце ни одного грешного пятнышка.

Юрка смотрел на небо, туда, куда показывала ему мать, и в его глазах тихо светилась светлая радость и ясное изумление. И мать, припадая к сыну бледной щекой, задумчиво шептала, показывая на звезды:

— Ты слышишь, как они поют: мы светлые, светлые. Мы чистые, чистые. Будьте такими, как мы.

Она припоминала стены монастыря, тихие воды озера и голос старой тетки-монахини, и шептала:

— Будьте чистые, чистые...

Она не договорила побледнела как снег, и поставила сына

на землю. Скорбный и протяжный звон староверческого монастыря внезапно коснулся ее слуха, ворвался в ее сердце и потряс его до основания. Она вскочила со скамьи, прислушалась в тревоге и беспокойстве, с широко открытыми глазами, в мучительной позе окаменев перед скамьей. Сын ухватил ее за платье. Она вздрогнула как под ударом. Звон повторился. Тихий, протяжный и кроткий, он прогудел в темных вершинах сада, как хвоя сосны под ветром, с невероятной силой ударил ее по сердцу властной волной и умер как вздох. Она упала на колени перед скамьей.

"Господи, Боже мой, — думала она в ужасе, припадая к скамье лицом, — ужели Ты гонишь меня от сына, как гнал тогда от любовника? Да будет Твоя воля, но я не уйду от сына, не уйду, не уйду!"

Юрка заплакал, крепко хватая ее за шею обеими руками.

XI

Кондарев быстро и весело вбежал в кабинет Опалихина и, подражая его тону и манере, звонко и насмешливо протянул:

— А-а, мой лучший друг! — Он подбежал к Опалихину, весело расхохотался, пожал его руку и шумно бухнулся у письменного стола в кресло.

— Что это ты каким ураганом? — спросил его Опалихин насмешливо.

Он сидел у стола, в кресле, за какими-то бумагами и теперь не без любопытства оглядывал Кондарева; весь его вид показался Опалихину не совсем обычным.

Кондарев был одет в черную шелковую рубаху, черные бархатные шаровары и светло-желтую поддевку, а от его лица, нервного и слегка как будто осунувшегося, на весь кабинет несло весельем и смехом.

— Ураганом? — переспросил он и расхохотался.

— Ах, вот кстати, чтобы не забыть, — вдруг вскочил он с кресла, — я тебе, так сказать, услуга за услугу. Хочу, братец

69

мой, тебя предупредить. — Он замолчал и снова опустился в кресло. Его лицо стало серьезным.

— Ведь ты заведывал, — с расстановкой заговорил он, — раздачей земских ссуд на обсеменение крестьянам нашего района? Так?

— Так, — кивнул головой Опалихин.

— Председателем комиссии по обсеменению, — продолжал Кондарев тем же деловым тоном, — является, как тебе известно, предводитель дворянства. Предводитель же, в настоящую минуту за границей, выдает ссуды безземельным француженкам, и все предводительские дела теперь принял Алексей Петрович Грохотов. Так вот он-то и желает поторопить всех вас с отчетами. У тебя отчет готов? — спросил он Опалихина.

Тот забарабанил по столу пальцами.

— А ведь я этот мотив знаю! — вдруг весело вскрикнул Кондарев и даже вскочил с кресла.

— Ну, конечно же знаю, — повторил он, одной рукой отворачивая полу поддевки, а другой облокачиваясь на стол и слегка склоняясь к Опалихину.

— Какой мотив? — спросил его Опалихин лениво.

— А вот что ты сейчас наигрывал пальцами.

И Кондарев пропел на мотив песенки "И шумит и гудит".

Денег дай, денег дай

И успеха ожидай...

— Ведь правда? — спросил он Опалихина, снова опускаясь в кресло. — Так вот, отчет у тебя готов? — повторил он свой вопрос, сразу меняя выражение лица и тон.

— Вот то-то и есть, что нет, — отвечал, наконец, Опалихин, — отчитаться мне не трудно будет, да сейчас я, как ты знаешь, по горло занят мельницей, а отчет все же потребует работы. ну, да, если нужно будет, что же, — добавил он с усмешкой, — работать мне не привыкать стать!

— Теперь другое-с, — заговорил Кондарев, со вниманием поглядывая на Опалихина. — Как тебе известно, я был на днях в нашем губернском городе, и там держится упорный слух, что ты накануне банкротства.

Он замолчал.

Тень неудовольствия скользнула в глазах Опалихина.

— Вот как? — вскинул он глаза на Кондарева.

— Да-с, — кивнул тот головою. — Это я тебе по дружбе. Упорный слух, — повторил он, — будто ты этой зимой в Петербурге въехал в неоплатные долги; будто тебя один гоголь-моголь в карты сильно обставил, да одна девица-фурор выпотрошила.

— Какой вздор! — сердито передернул плечами Опалихин.

— И я то же самое говорил, — усмехнулся Кондарев, — да мне плохо верили, зная нашу дружбу.

— Какая гадость, — снова повторил Опалихин.

— Еще бы! — воскликнул Кондарев. — А главное, — продолжал он оживленно, — все твои кредиторы ужасно всполошились, и я боюсь, что теперь на тебя посыплются иски.

Он замолчал, встал с кресла и заходил из угла в угол по кабинету. Опалихин задумчиво глядел в раскрытое окно. В комнате стало тихо. Из сада веяло жаром. Деревья стояли пыльные и унылые. Станица воробьев с шумом носилась по дороге, перелитая с места на место.

— Да, это не совсем приятно, — наконец вздохнул Опалихин.

Кондарев все так же ходил из угла в угол по кабинету.

— А на какую сумму твои долги? — спросил он Опалихина.

— Тысяч на пятнадцать, — отвечал тот.

— Это без моих десяти тысяч?

— Без твоих.

— Так, — вздохнул Кондарев. — Стало быть, — добавил он, — если все твои кредиторы всполошатся, удовлетворить их тебе будет затруднительно.

— Ну да, — отвечал Опалихин. — Мне придется тогда приостановить все работы по мельнице и заводу и продать весь скот. А ты знаешь, как я им дорожу.

— Так, — снова вздохнул Кондарев. — А какую сумму выдало тебе земство на обсеменение? — приблизился он к Опалихину.

— Тот отвечал:

71

— Тридцать тысяч.

Они снова замолчали, занятые каждый своей думой. Над садом загудел ветер, хлопая калиткой. Сбоку что-то свистнуло, и сломанные ветки ветлы закувыркались в воздухе.

— Слушай, — сказал Кондарев и подошел к Опалихину; его лицо было серьезно, бледно и задумчиво.

Опалихин поднял на него глаза. Калитка сада снова хлопнула и заскрипела на петлях.

— Слушай, — повторил Кондарев, — ты мой лучший друг, и знай, что с сегодняшнего дня в моем столе будут лежать готовыми и начеку сорок пять тысяч. Если они тебе понадобятся, хоть среди ночи, валяй прямо ко мне, и я их дам тебе даже без векселя, — добавил он тихо.

Поспешно он отошел от него и сел в самый дальний угол, в кресло, сунув руки в карманы шаровар.

"Возьмет или не возьмет?" — думал он об Опалихине. Опалихин полуобернулся к нему в своем кресле и сидел с опущенными глазами. Кондареву казалось, что его лицо слегка бледнело.

"Возьмет или не возьмет?" — думал он с тоскою.

В саду что-то зашипело. Пыльный вихрь побежал дорогой, крутя в своей спирали соломины и ветки ветлы. Парусина балкона захлопала короткими и гулкими ударами. Опалихин поднял на Кондарева глаза; они были ясны и спокойны, как всегда.

— Если мне придется круто, — сказал он с усмешкой, — то я у тебя возьму, сколько понадобится. Благодарю.

"Ты-то у меня их возьмешь, — со злобой подумал Кондарев, — да я-то тебе их не дам!"

— Так-то-с, — вздохнул он вслух и вытянул ноги.

Звонкий и веселый дождь упал на зеленую грудь сада, запрыгал на песке аллей стеклянным бисером и распугал стаи воробьев, носившихся по дорогам. Его внезапный приход словно растормошил весь сад, и сад откликался ему веселым гулом. Однако скоро он убежал дальше, застилая окрестность свинцовой сеткой и звонко гудя над лесами.

Когда Кондарев и Опалихин вышли на крыльцо,

Опалихин, чтобы ехать на мельницу, а Кондарев — к Грохотову, весь двор, умытый и освещенный солнцем, точно улыбался ясной и молодой радостью.

— А я у тебя в кабинете папиросницу забыл, — внезапно проговорил Кондарев, небрежно и весело обращаясь к Опалихину, и пошел в дом.

Однако на пороге кабинета он как будто бы несколько замялся, и веселость исчезла с его лица. С минуту он простоял в задумчивости, затем торопливо вынул из кармана кошелек и достал оттуда небольшой ключ, но уже не стальной, который он так старательно оберегал раньше в своем кармане, а бронзовый. Этот ключ был от его собственного письменного стола, который ему привезли из города только сегодня, и заказан был этот ключ по образцу того самого стального. С этим ключом он поспешно подошел к столу Опалихина и попробовал им ближний ящик. Ключ отпер и запер ящик.

— Так-с, — вздохнул Кондарев, пряча обратно ключ.

— Какое совпадение, — говорил он Опалихину на крыльце, — у меня, как тебе известно, пострадал от огня письменный стол, и я приобрел себе новый. И представь себе, — весело воскликнул Кондарев, — как две капли воды твой! Удивительное совпадение, — повторял он с веселым жестом.

— А где ты покупал свой? — спросил его Опалихин.

Кондарев назвал ему мастерскую.

— Ничего нет удивительного, — пожал плечом Опалихин, — там только и делают такие столы.

"Да уж я теперь это и без тебя знаю", — подумал Кондарев и рассмеялся хриплым смехом.

— Так стало быть, — заговорил он, обрывая смех, — если тебе круто придется, так ты прямо ко мне за деньгами-то? Да?

— Благодарю, благодарю, — с улыбкой повторил Опалихин.

"А не обожжешься?" — подумал Кондарев со злобой и добавил вслух:

— Так, пожалуйста.

Они расстались.

Грохотова Кондарев застал на крыльце. Он стоял в своем

шелковом подряснике и озабоченно переговаривался о чем-то с приказчиком.

— О, Господи, — еще издали весело закричал ему Кондарев, — какими все дельцами обернулись! Даже Алексей Петрович о хозяйстве с приказчиком трактует!

И он со смехом передал свою лошадь подбежавшему кучеру.

— Да я вовсе не о хозяйстве, — отвечал Грохотов, здороваясь с ним и поглядывая на него мечтательными глазами, — я совсем не о хозяйстве. О каком хозяйстве? — вдруг спросил он Кондарева, точно очнувшись от сна.

Кондарев расхохотался.

— Ах, да, — спохватился Грохотов, — так я не о хозяйстве.

— А о чем же? О чем же, Алексей Петрович?

— Вот видите ли, — взял он Кондарева за пуговицу, — мне очень хочется приобрести живую фотографию.

— Чего? — переспросил Кондарев.

— Живую фотографию. Это, видите ли...

— А жнейки у вас есть? — перебил его Кондарев.

— Жнейки, какие жнейки? Ах, да, — спохватился Грохотов, — так зачем я тебя, милый, звал? — внезапно обратился он к приказчику. Он окончательно растерялся.

В кабинете, однако, он пришел несколько в себя и внимательно слушал Кондарева. А Кондарев говорил ему:

— Слушайте же, Алексей Петрович. Требуйте как можно скорее отчета в земских деньгах от Опалихина. Его дела сильно пошатнулись, он много задолжал этой зимой в Петербурге, и кто знает? А от отчета он отвиливает. Я его сегодня видел. Очень отвиливает. А ведь за земские деньги вам отвечать-то придется. Так вы хоть самого себя поберегите-то.

— Хорошо, хорошо, — соглашался с ним Грохотов, — только вы почаще, пожалуйста, напоминайте мне об этом, а то ведь вы сами знаете, какая у меня память.

— Я буду вам твердить об этом хоть каждый день, — говорил ему Кондарев, — но только и вы будьте энергичны.

— Слыхали новость? — кричал Столбунцов, влетая в гостиную Ложбининой.

— Ну? — оживились обе дамы сразу.

— Опалихин, не нынче-завтра, летит в трубу.

— Да быть этого не может! — изумились Вера Александровна и Людмилочка.

— "Клянусь позором преступленья!" — расхохотался Столбунцов. — Об этом весь город кричит. Скоро наверно и в газетах пропечатано будет: "Нам передают из верных источников, что известный в нашей губернии деятель по сельскому хозяйству г. О., к сожалению, и т. д.".

Столбунцов снова расхохотался и, потирая ладонью бритое, как у актера, лицо, подсел к Людмилочке.

— А все женщины, — говорил он ей, — все женщины! Опалихина, как слышно, одна француженка на двадцать тысяч в Петербурге обмусолила, да кто-то в картишки обсахарил!

Между тем Кондарев возвращался к себе домой, бледный, с усталым лицом и тусклыми глазами. "Ну-с, Сергей Николаевич, — думал он об Опалихине, — пути я себе широко открыл и цепи все до единой сбросил, только вкусно ли покажется вам, когда ваша же вера по вашей спине палкой заходит!"

Он лениво шевелил вожжами, сутулясь на своих дрожках и, устало вглядываясь в синий мрак летней ночи, думал снова: "Что я вас в яму столкну, это для меня уж не загадка даже; послушаю-ка, что вот вы запоете, когда крышка над вами захлопнется, и вы как крыса в ловушке замечетесь".

В поле было прохладно. Клочки сизого тумана ползали кое-где над ложбинами, лениво шевелясь, как перебирающиеся куда-то черепахи, и крик лягушек гремел с берегов Вершаута, сливаясь в один окрик и наполняя собой всю окрестность.

XII

Ложбинина сидела у себя в беседке, над обрывом Вершаута, вся раздушенная и расфранченная, небрежно раскинувшись в кресле. Ее глаза мечтательно скользили по стенам беседки. Она о чем-то думала, порою поглядывая на

Людмилочку. А Людмилочка расхаживала взад и вперед по беседке, игриво раскачивала плечами и, смешно выпятив свои розовые губки, насвистывала какую-то мелодию.

— Ты что это, грустишь, что ли? — неожиданно спросила она Ложбинину, на минуту останавливаясь у ее кресла. Та лениво шевельнула полными плечами.

— Немножко, — отвечала она с томной грацией.

— О чем?

Людмилочка снова заходила по беседке и, сложив назади руки, закачала плечами.

— Вот видишь ли, — шевельнулась Ложбинина, — вчера я получила письмо от подруги; она пишет мне о моем муже.

— Ну?

— Ведь ты знаешь, ему раньше совсем не везло по службе, а теперь фортуна ему улыбнулась, и он накануне губернаторства.

— О-о-о, — насмешливо протянула Людмилочка и добавила:

— И теперь ты не прочь вновь сойтись с мужем, чтоб стать губернаторшей? Да?

— Немножко, — рассмеялась Ложбинина красивым грудным смехом. — Но конечно же, — вновь повела она полными плечами, — идти к нему на поклон первой мне не хочется. С какой стати!

— Итак, может быть, ты скоро будешь губернаторшей? — спросила ее Людмилочка и перестала свистать.

— Может быть.

— Кого же ты возьмешь тогда к себе в чиновники особых поручений?

Людмилочка внезапно заглянула в глаза Ложбининой, и они обе сразу весело рассмеялись.

* * *

В то же время Кондарев лежал у себя в кабинете, на широкой тахте, бледный, с усталыми глазами и осунувшимся лицом, прикрыв ноги дорожным чапаном. Несмотря на теплый день, он постоянно ощущал приступы озноба и то и

76

дело передергивал плечами, апатично поглядывая в окошко. Мысли лениво текли в его голове. Завтра он рассчитывал нанести Опалихину последний удар; он был твердо уверен в победе, но теперь это предвкушение победы как будто нисколько не радовало его.

"Завтра я его в бараний рог согну, — думал он совершенно равнодушно, — но для чего и для кого это нужно, и стоило ли так пачкать себе руки?" Он нервно передергивал плечами, апатично зевал и перевертывался на другой бок. "Победа меня не радует нисколько, — продолжал он свои размышления, — так зачем же я всю эту грязную канитель завел? Чтоб показать Опалихину, что его вера — поганая палка? А мне-то что до этого? Не все ли мне равно, каким богам люди молебны служат? Пусть их!"

И он снова зевал и нервно передергивал плечами.

Иногда же с тем же апатичным взором он думал об Опалихине: "А все-таки интересно будет послушать, какою молитвой он богов своих возблагодарит, когда они его самого же к позорному столбу подведут?" При этом он вспоминал слова Опалихина: "Вера в какую угодно критическую минуту человека выручит", и ему приходило в голову: "Ну, вот и посмотрим, как она тебя, голубчика, выручит. А минута будет для тебя поистине критической".

И, апатично повертываясь с боку на бок на своей тахте, он снова принимался взвешивать все обстоятельства предстоящей битвы. Мысленно он так и называл битвою то, что должно было произойти завтра. В победе он не сомневался ни на минуту; слишком уж старательно была предусмотрена им каждая мелочь. Слухи о банкротстве Опалихина всполошили всю губернию, на Опалихина посыпались иски; земство заволновалось об участи своих денег и надоедало ему с отчетом; и к довершению всего, в кабинете Кондарева стоял стол, представлявший собою точную копию опалихинского стола, и в ящике этого стола лежало сорок пять тысяч. О тождестве столов Кондарева и Опалихина тоже уже знали многие: и Столбунцов, и Грохотов, и Ложбинина, — им это было рассказано шуткой, с улыбочкой, как будто между прочим, они даже может быть уже и забыли об этом теперь, но завтра, в нужную минуту, они вспомнят о том, непременно вспомнят, Кондарев и не сомневался в этом. И тогда-то Опалихин будет потоплен. При этом Кондареву вспоминалось, с какой небрежностью Опалихин изъявил согласие принять от него сорок пять тысяч, если ему придется круто, и он думал о нем: "Ведь вот все эти господа от людской помощи не отказываются, а сами и толкнуть даже не соблаговолят. Напрасная трата энергии!" Вместе с этой мыслью в его сердце просыпалось раздражение, и ему приходило в голову:

"Сами себя, вы, господа, в победители записали, а всех нас к рабам сопричислили. Но что же будет с вами, если раб взбунтуется и ту же палку возьмет? Ведь вы же только тем и сильны, что в ваших руках дубина! А если эта дубина в наших руках очутится, тогда что?"

Кондарев повернулся лицом к двери. В его кабинет вошла жена; она опустилась около тахты в кресло и, с участием поглядывая на лицо мужа, спросила:

— Тебе нездоровится, что ли?

Он с равнодушным видом отвечал:

— Голова немного болит и озноб.

— А на завтра гостей позвал? — сказала она ему точно с упреком.

— До завтра пройдет.

Он поправил на ногах чапан, оперся на локоть и заглянул в лицо жены.

Та сидела потупившись и внимательно разглядывала кольца, сверкавшие на ее тонких пальцах.

— Знаешь, Таня, — внезапно заговорил Кондарев, — делать-то мне сейчас нечего, так вот я все лежу здесь и об опалихинской вере думаю. Поганая у них вера, Таня! — неожиданно повысил он голос и даже несколько оживился.

— Но что всего хуже, — продолжал он, — так это то, что они с этой своей верой, как павлин с хвостом фуфырятся. Глядите, дескать, люди, и любуйтесь. Мы вам это всемилостивейше не возбраняем! — Кондарев на минуту замолчал. Жена слушала его молча и не поднимала глаз.

— Я понимаю так, — заговорил Кондарев и огоньки зажглись в его глазах, — я понимаю так. Дошел я до такой веры и глаза закрывши на землю лег. Ухожу, дескать, я отсюда, люди добрые, моченьки моей больше нет, а вы живите, если можете. Это я понимаю, — вскрикнул Кондарев, — но ведь у них совсем не то. У них радость и ликование, словно они золотые россыпи нашли. И это-то в них и противно! И хочется мне другой раз, Таня, — снова резко вскрикнул он сиповатым голосом, — хочется мне эту самую веру их ногою в морду толкнуть, чтобы хоть на одну минуточку самодовольство с нее слетело! — Он замолчал в волнении; розовые пятна мерцали на его осунувшихся щеках.

— Да, — вздохнул он, — идет человек по людским головам, ясный, спокойный и светлый, и думает человек, что порфира антихристова у него за плечьми колышется, и не видит он, что это не порфира антихристова, а собачья шкура. Гнусно!

Кондарев снова замолчал, как бы разглядывая что-то вдали лихорадочно-горящими глазами. Татьяна Михайловна сидела молча, без движенья, с потупленным лицом. В комнате было тихо. Ясный день глядел в широкие окна, и было слышно порою, как стая голубей, играя, срывалась с железной крыши дома с шумом, похожим на встряхиванье ковра.

— Падающего толкни! Что может быть страшнее этого, Таня, — возбужденно заговорил Кондарев с лихорадочным румянцем на лице. — Ведь и собака собаке раны зализывает, а тут человек человека и вдруг... — Он не договорил и закрыл лицо руками.

— Да, — вздохнул он, отнимая от лица руки. — Тот, кто первый фразу эту выкрикнул, мог, пожалуй, и сильным человеком быть; он ее горбом своим заработать мог. А в молитвенник ее, как заповедь, записали дрянь и ничтожество. Это уж верно, Таня, потому что нет ничего легче, как самого себя по шерстке гладить. А если они с вида сильными кажутся, так это ничего не значит, Таня, так как наглость всегда при удаче всемогущей выглядывает, а ты погляди на нее при неудаче.

— Таня! — вдруг вскрикнул он, простирая со стоном руки.

Она бросилась к нему невольным порывом, придвигаясь к его мертвенно-бледному лицу. Его губы кривились, и глаза горели сухим блеском. Казалось, он хотел что-то сказать жене... и не решался. Колебания бегали по его лицу мелкими судорогами. Жена держала его руки и глядела в глаза, с трепетом поджидая его слова.

— Таня, — наконец заговорил он сиплым шепотом, — что если бы, Таня, эта вера живым человеком к тебе явилась, — он передохнул, пережидая судорогу, дергавшую его губы, — хватило бы у тебя силы и мужества, — продолжал он как бы через силу, — ударить этого человека в сердце... из-за угла? — добавил он чуть слышно.

С минуту она глядела в его глаза с недоумением, а затем тихо сняла с своих плеч его руки, безмолвно ушла от него и пересела в дальний угол в кресло. Ее лицо выражало волнение, и глаза светились туманным светом. Он подождал ее ответа, упираясь руками в тахту и не сводя с нее глаз.

В комнате стало тихо; только голуби летали над крышей, свистя крыльями. Кондарева сидела в своем кресле с убитым лицом. Наконец она поднялась с кресла и повернула к мужу голову; ее лицо уже выражало собою решимость и глаза глядели серьезно и мягко.

— Нет, — проговорила она твердо, — я никогда не ударила бы его. Я бы такого человека пожалела! — наконец добавила она.

И она тихо пошла вон из комнаты.

Кондарев припал к подушке лицом.

Только вечером он вышел из кабинета и долго бесцельно слонялся по двору с апатичным лицом. Порою он выходил из околицы и равнодушно глядел в поле, глубоко засовывая руки в карманы поддевки и подставляя лицо прохладе полей. В поле было свежо. Малиновая заря горела на западе, и зеленые бугры полей казались розовыми. И он глядел на эти бугры, устало жмуря глаза и что-то нашептывая бледными губами.

"Не все жалеть можно", — думал он и проходил дальше в поле. Но там он внезапно останавливался точно перед какою-то стеною, долго глядел себе под ноги, на траву межи, поседевшую от росы, как мех, и затем круто повертывал назад, на темнеющий двор.

Его звали ужинать, но он не пошел. Жена вышла к нему несколько встревоженная, с печальными глазами, попробовала его лоб рукою, ласково поговорила с ним и ушла спать, а он все ходил по двору, и странное беспокойство все росло и росло в его сердце. Наконец, когда уже весь двор погрузился во мрак, и розовые бугры погасли в поле, он внезапно подошел к людским избам, вызвал разоспавшегося конюха и приказал тотчас же оседлать себе лошадь. И он торопил конюха, беспокойно касаясь рукой его плеч, точно он собирался ехать к умирающему. А затем, усаживаясь уже в седло, он старательно застегнул все крючки своей поддевки и осторожным шагом выехал за ворота. Некоторое время он ехал тем же осторожным шагом, поглядывая вокруг с тревогой и беспокойством в глазах. Он и сам не знал, куда и зачем он едет теперь, он только чувствовал, что сейчас к нему подошло то, что требовалось разрешить немедленно же и раз навсегда. И он то и дело оправлял на себе поддевку, как бы приготовляясь к чему-то решительному. И вдруг он бешено ударил каблуками бока прыгнувшей от этого удара лошади. Его лицо осветилось смелостью и злобой; лошадь понесла, пригибая вниз голову и крутя шеей, а он злобно рвал повода и думал: "К черту всю эту грязную канитель! Переведаться с ним в честном бою и сейчас же! А там крышка!" Лошадь несла, и топот ее ног будил тишину поля звонкими ударами молота; ветер шумел в ушах Кондарева, а он бешено думал:

"В честном бою, и к черту!"

Он скакал к Опалихину. В самых воротах он осадил лошадь таким резким движением руки, что та сразу села на задние ноги.

А он тихо слез с седла и повел лошадь за собой к каретным сараям.

Лошадь тяжело раздувала бока и стряхивала с удил пену. Он привязал ее у столба к железному кольцу, и, снова оправив на себе поддевку, оглянулся на опалихинский дом. Он измерил его сверху донизу злобными глазами, как врага.

Весь дом спал; только из окна кабинета лился свет и белым пятном лежал на траве подорожника. Кондарев с спертым дыханием направился к этому окну. Тихо и осторожно, слыша биение своего сердца, он приложился лбом к холодному стеклу окна и заглянул в кабинет. Опалихин сидел за письменным столом и работал, подводя какие-то счета. Очевидно, он готовил отчет по обсеменению. Кондарев оглядел всю его сильную фигуру со вниманием, тихо стукнул в окно пальцем и, спрятавшись затем за косяк окна, стал наблюдать за Опалихиным из-за прозрачной ткани гардины. Его сердце громко стучало, наполняя голову туманом. Он увидел, как Опалихин, бросив перо, спокойным движением повернулся к окну; его глаза были светлы и холодны. Кондарева точно ударил этот ясный взор, и он с ненавистью подумал:

"На него иски, а он светел и спокоен, потому что уверен, что победит. Кто же сломит его уверенность?"

Между тем Опалихин продолжал глядеть на окно, и некоторое недоумение отразилось в его глазах. Кондарев решительнее стукнул в окно рукою и внезапно выдвинул свое побледневшее лицо из-за косяка навстречу Опалихину. Тот увидел его и, спокойно улыбаясь, поднялся с своего кресла. Однако, он не спешил двинуться навстречу Кондареву; его как будто что-то поразило в этих глазах, странно мерцавших по ту сторону стекла, и теперь полное недоумение отразилось на лице Опалихина. Он как будто колебался. Впрочем, это продолжалось одно мгновение. Недоумение тут же соскочило с его лица, и с ясной и спокойной улыбкой Опалихин двинулся к окну.

— Ты что? По делу? — спросил он, широко и смело распахивая окно.

Кондарев молчал, чувствуя, что что-то ушло из него, и он уже не сделает того, для чего он летел сюда сломя голову. Все его силы точно сокрушило бурей.

— Нет, я так, — наконец отвечал он, как бы снова начиная зябнуть, — я катался, да и заехал. Авось, думаю, не спит. — Он в замешательстве развел руками и тяжело вздохнул.

— Ну, спасибо, — отвечал Опалихин и уселся на подоконник вполоборота к Кондареву.

— На тебя иски? — спросил его Кондарев, жмуря глаза и облокачиваясь локтями на тот же подоконник. Его лицо уже глядело устало и страдальчески.

— Да, — отвечал тот.

— Это тебя волнует?

— Немножко.

Он улыбнулся светло и ясно.

— Ты уверен, что победишь все?

— Да.

Кондарев вздохнул, передернул плечами. Звук его голоса был мягок и задушевен.

— Готов ли у тебя отчет? — спросил он Опалихина через минуту.

— Нет еще, — отвечал тот, — хотя скоро я уже его закончу. — Внезапно он усмехнулся и добавил: — Неужто ты можешь подозревать, что я попользовался хотя единою копейкою земства?

Кондарев с живостью воскликнул:

— Я никогда этого не думал, клянусь тебе!

Его голос звучал искренно и правдиво. Он добавил:

— Но какие боги удерживают тебя от этого?

— Я могу работать, — вместо ответа проговорил Опалихин, — я могу работать, — повторил он, и зарабатывать столько, сколько мне нужно. Зачем же мне чужие деньги?

Он пожал плечами.

— Ты первый работник в губернии! — снова искренно и задушевно воскликнул Кондарев. — Но что бы было, если бы ты потерял способность к работе? — Он уставил на Опалихина горячий взор. — Что бы тебе подсказали твои боги? — добавил он. Опалихин молчал. На дворе было тихо. Синий мрак неподвижно стоял за околицей и ровное дыхание ночи струилось в комнату над головой Кондарева свежей волной. Он слышал, как лошадь грызла удила.

— Что бы было, если бы ничего не было? — вопросом же отвечал Опалихин и усмехнулся.

— Ну, ответь мне, ну, сделай милость! — вскрикнул Кондарев с горячностью.

— Я, право, не знаю, что сказать тебе, — отвечал Опалихин. Он подумал и добавил:

— Тогда, может быть.

— Скажи, что это вздор, — вскрикнул Кондарев.

— Тогда, может быть, — настойчиво повторил Опалихин, и холодный свет скользнул в его глазах.

— Так говорит Заратустра, — вздохнул Кондарев.

Он стоял все в той же позе, облокачиваясь обоими локтями на подоконник. Его лицо было все также бледно, а глаза зажглись резким и сухим блеском.

— А мужики подохли бы с голода? Да? — спросил он Опалихина холодно и резко.

— А мужики подохли бы с голода, — отвечал тот, — ведь я сам для себя нужнее, и кто мне они? Случайные попутчики в лодке? И если нас захватил шквал, что же? — презрительно усмехнулся он.

Кондарев схватил его за локоть.

— Так их нужно вышвырнуть за борт? Да? Откажись от своих слов, прошу тебя, — вскрикнул он с мучением на лице. — Откажись, ради Бога! — не выпускал он его локтя. — Ну, что тебе стоит отказаться! Ну, сделай же это, — повторял он с розовыми пятнами на щеках.

Опалихин усмехнулся.

— Во имя чего? — спросил он Кондарева.

Кондарев чуть не вскрикнул:

— Ты сам себя потопишь завтра этою фразой!

Он хрипло расхохотался, отпустил локоть Опалихина и, подражая ему, насмешливо произнес:

— Во имя чего? — И с хриплым смехом он добавил: — Так непременно же приезжай ко мне завтра.

— Непременно, непременно, — усмехнулся и Опалихин.

Кондарев пожал его за локоть и направился к лошади. Уже усаживаясь в седло, он холодно и насмешливо декламировал:

И слабым манием руки
На русских двинул он полки!

XIII

Кондарев возвратился домой, когда уже весь двор был затоплен белесоватой мутью и предрассветный ветер шуршал в деревьях сада. Навстречу ему с завалинки лениво поднялась собака, крутым горбом выгнула спину, зевнула, загибая кверху красный язык, и помахала хвостом. Он проехал к людской избе; за тусклым окном кто-то громко молился, кашлял и чесал живот. Заспанный конюх, распоясанный и босой, выбежал из избы, стукаясь обо все косяки, и привычной рукой, не глядя, поймал брошенный ему повод. Кондарев отправился к дому. Он тихо прошел в кабинет, сбросив с себя поддевку и сапоги, залез под чапан, на тахту, и тотчас же заснул, точно нырнул в воду. И так же внезапно он проснулся. Его разбудил какой-то свистящий шепот под самым ухом. Он открыл глаза и с странной ясностью тотчас же сообразил, где он и что ему надлежало делать. Он торопливо стал одеваться.

— Я не проспал? — спросил он человека, разбудившего его, и тут же понял всю несуразность своего вопроса. Он никогда не мог проспать такого события. Жуткий трепет обдал его мучительной волной. Человек отвечал ему:

— Сейчас поведут, — и он заходил мимо Кондарева, постоянно возвращаясь назад. Его шаги и жесты не производили никакого шума, но это нисколько не поражало Кондарева. И, поспешно натягивая на себя одежду, он расспрашивал его с жутким любопытством:

— Много ли их?

Человек прошептал:

— Тысячи. — И Кондарев увидел, что и его начинает охватывать нервный озноб.

— А нас? — спросил он его, содрогаясь. Он говорил шепотом, с дрожью в голосе, и сам не узнавал своих жестов.

— Нас меньше сотни, — отвечал человек.

— Удастся ли нам, по крайней мере, хоть что-нибудь?

— Едва ли.

— Ну, что же, — вздохнул Кондарев, — потешим свою душеньку и умрем!

85

Он был уже совсем готов, однако, чего-то ему недоставало и он беспокойно ходил по комнате, ища глазами то, что ему было нужно. Мучительное волнение и тоска охватывали его.

И человек, разбудивший его, понял, что ему было нужно; откуда-то в его руках появился большой бронзовый подсвечник, изображавший сатира с факелом в руках. И он передал его Кондареву. Кондарев принял его, оглядел внимательно и даже попробовал на вес. Он остался доволен осмотром; подсвечник был тяжел как топор, и вполне мог заменить собою оружие. Однако он поставил его на пол, так как сейчас в нем еще не было необходимости; и тогда он подсел к человеку, подавшему ему оружие, и с мучительным волнением начал расспрашивать его о планах засады. Тот с странной жестикуляцией и беспокойным взором зашептал ему тревожным шепотом. Кондарев слушал внимательно и старался запомнить каждое слово. Человек шептал ему:

— Когда процессия войдет в темную и глухую улицу, они разделятся на две партии и будут поджидать ее на двух противоположных дворах. Здесь поперек улицы разостлана веревочная сеть и во мраке ее не увидит ни один глаз. И вот, когда Его поведут на пропятие, Он пойдет во главе толпы; они же будут в это время стоять наготове и дадут Ему миновать сеть; но едва лишь Он минует ее, они мгновенно вздернут сеть при помощи блоков и загородят Его от толпы. Тогда часть засады с других дворов поспешит к Нему и попробует спасти Его от ярости, чтобы Ему не пить вторично чаши, уже выпитой Им. А они бросятся навстречу ярости и попробуют задержать ее, чтобы дать тем, другим, возможность сохранить Его, как лучший свет мира. Им придется вступить в борьбу с яростью, и они будут злы и мстительны, и, принимая ее удары, они будут отвечать ей тем же, потому что они черные слуги Кротости, а как уберечь Кротость среди волков? И они сложат жизнь свою у той ограды, и, явившись на суд Истины, они скажут: Мы возлюбили Кротость и отдали во имя ее все, что имели: жизнь и сердце, горячее как пламень. Но, возлюбив одно, мы не могли не возненавидеть другое, и, возлюбив идеалы Кротости, мы возненавидели идеалы Зла.

Кондарев сидел и слушал, чувствуя озноб во всем теле, жутко содрогаясь и полный внимания; и вдруг он услышал протяжный гул, похожий на рев воды у плотины. Он прислушался в тревоге и понял, что час, к которому он так давно готовился, уже настал; и ему стало страшно и жутко, как затерянному в пустыне. Он огляделся, как бы ища помощи, но собеседник его куда-то исчез внезапно и незаметно. Кондарев опрометью бросился вон. Темнота улицы приняла его в себя, как волны моря. Он пустился бегом. Он бежал долго, с мученьем в сердце, темными, кривыми и узкими улицами странного города. Темные тучи стояли над городом, и пламя костров мерцало на них и в окнах домов, и эти окна словно мигали, как красные глаза каких-то чудовищ, пугая Кондарева безотчетным ужасом. Кондарев бежал и бежал, чувствуя головокружение и озноб. Протяжный гул ревел за его спиною, как вода, сорвавшая плотину, и этот гул точно подстегивал Кондарева.

Кондарев метнулся в темный двор. Бледные люди беспорядочно метались на этом дворе, переговаривались с странными жестами и прислушивались к доносившемуся гулу. Некоторые из них беспокойно залезали на крыши строений, глядели во тьму и сообщали о чем-то стоявшим внизу с тревогой в каждом движении. И пламя костров мерцало на тучах и на их бледных лицах. Волнение Кондарева все росло и росло. И вдруг кто-то крикнул: "идут!" Люди заметались еще беспорядочнее и полезли на крыши, повертывая головы все в одну сторону, как деревья под бурей. Сердце Кондарева упало; он бросился к лестнице и полез наверх, хватаясь руками за скользкие ступени, спотыкаясь и замирая от страха и страдания. С крыши он увидел толпу; она ползла, как черная змея, извиваясь своим длинным туловищем, по кривой улице города, и гудела протяжным ревом сознавшего свою силу зверя. А впереди нее шел Он легкой и свободной поступью, скользя как по облакам. Кондарев сбежал вниз, чувствуя страх и злобу. Рев приближался. Кто-то взволнованно крикнул: "скорей!" Кондарев услышал короткий и злобный визг блоков и бросился вон со двора, что-то крича и чувствуя приступ бешеной ярости. В темной улице, у веревочной ограды, ревела толпа. Он увидел искаженные злобой лица сквозь сеть веревок, потрясаемых руками. Люди в медных шлемах рубили эту сеть топорами и хрипели, полные негодования на эту преграду. Кондарев бросился туда; несколько человек бежали с ним бок-о-бок, размахивая руками, и что-то кричали. Горячий ураган налетел на Кондарева и он с воем ринулся на толпу. Человек в шлеме схватил его сквозь сеть веревок за грудь; Кондарев увидел волосатые обнаженный руки, изо всех сил толкнул нападавшего в плечи и вдруг припал к нему бешеным объятьем. Его точно обожгло злобой; он задохнулся и внезапно узнал в нападавшем Опалихина. Ему хотелось кричать: бить, так бить насмерть! Однако, все его попытки были тщетны и он никак не мог сломить врага. Вой толпы вонзался в его уши, удваивая ярость; он хрипел, замирая от злобы. И вдруг он увидел человека, торопливыми прыжками бежавшего мимо с факелом в руках. Внезапно он отцепился от врага и, выхватив из рук бежавшего факел, сунул его в лицо Опалихина. "Светом просвещаю тьму!" — вскрикнул он с диким хохотом. Жгучий восторг охватил его вихрем и закружил ему голову. Кто-то взмахнул над ним сверкнувшим топором. В его голове точно что-то с треском разорвалось. Он упал.

Кондарев проснулся поздно и как будто немного усталый. Он поспешно оделся, захватил полотенце и пошел к Вершауту купаться. К завтраку он уже вышел свежий, веселый и спокойный.

А после завтрака он беседовал с женою в саду. Татьяна Михайловна сидела на луговине под березой, свернув по-турецки ноги, и на длинных костяных спицах вязала одному из своих малышей теплое одеяло, а Кондарев ласково поглядывал в ее глаза и говорил:

— Что такое, Таня, жестокость? По-моему, жестокость есть чувство, побуждающее человека причинять другому напрасные страдания. Слово "напрасные" я подчеркиваю. Не так ли?

Татьяна Михайловна кивнула головою.

— И следовательно, — продолжал Кондарев, — доктор, отпиливающий больному руку с тем, чтобы сохранить ему жизнь, совсем не жесток, хотя и причиняет ближнему страдания. Да? Он только обладает мужеством. — Кондарев внимательно глядел на жену, как бы наблюдая, какое впечатление производят на нее его слова.

— А у нас, — говорил он, — часто смешивают жестокость с мужеством, между тем как тут громадная разница. Мужество никогда не исключает в человеке чувства сострадания, а жестокость указывает всегда на отсутствие в человеке вот именно этого чувства.

Кондарев внимательно глядел на жену; Татьяна Михайловна молча шевелила длинными спицами, и камни колец сверкали на ее тонких и бледных пальцах разноцветными переливами. Воздух сада, несмотря на тень от деревьев, дышал зноем; листья берез висели беспомощно и в изнеможении.

За обедом Кондарев шутил и поглядывал на окружающих спокойно и светло и только к вечеру внезапное беспокойство охватило его. Неожиданно ему пришло в голову: "А что если Опалихин не захватит с собою ключа от своего стола?" И он понял, что, случись это, все его предприятие провалится в бездну. Сражение будет проиграно им и все его планы рушатся, как карточный домик. Эти мысли взволновали его. Он заходил по кабинету, потирая ладонью висок. "Что же это такое? — думал он в тревоге. — Зачем же я назвал на сегодня гостей, если весь мой успех зависит от простой и нелепой случайности! Стоило ли тогда городить весь этот огород? Играть — так уж играть наверняка и без проигрыша!"

Некоторое время он ходил так по кабинету, беспокойно потирая виски и с тревогой поглядывая по сторонам. И так же внезапно он просветлел.

"Чего же я мучаюсь-то, однако? — подумал он. — Ведь ларчик всегда открывается очень просто! Сейчас же мне надо ехать к Опалихину и убедиться, что он захватит с собою ключ, когда поедет ко мне. А если он забудет о ключе, — добавил он мысленно и со злобой, — так нужно сделать так, чтобы он захватил его во что бы то ни стало!"

Торопливо он отправился к жене и сказал ей, что сейчас он

поедет к Опалихину. У него есть к нему дело. И пусть она одна принимает гостей, если он немножко опоздает. Он приедет вместе с Опалихиным. "Да уж теперь мне его и с глаз спустить нельзя. Самому дороже!" — думал он с решимостью.

Через несколько минут он уже ехал к Опалихину в беговых дрожках и всю дорогу думал: "И такую важную статью ты чуть-чуть мимо рта не пронес. Ах, лисий хвост, лисий хвост!" — и он укоризненно качал головой, поглядывая по сторонам.

Черные грачи неподвижно сидели там и сям по бокам знойной дороги и, раскрыв белые клювы, тяжело и часто дышали.

Кондарев въехал на двор Опалихина. Весь двор точно изнемогал от зноя, несмотря на косые лучи солнца, уже уходившего к закату. От железных крыш строений тянуло жаром, на сосновых тесинах стен янтарными каплями выступила смола, и зеленый ковер подорожника, еще сочный и свежий у самых стен, далее уже весь был в бурых пятнах. Кондарев увидел веселого и бойкого паренька, прислуживавшего Опалихину. Он степенно шел по двору в легонькой поддевочке, направляясь к крыльцу дома, и во все горло зевал:

Пусть воет ветер, пусть плачет вьюга!

Кондарев окрикнул его; тот бросился к нему со всех ног, а Кондарев неожиданно вспомнил: как-то он неожиданно приехал к Опалихину зимой. На дворе кружила бешеная метель и снежные вихри плясали на белых крышах строений. А этот паренек так же степенно шел по двору в этой же самой легонькой поддевочке и зевал изо всех сил:

Дождались мы светлого ма-я-я.

Цветы и деревья цветут!..

И, с улыбкой передавая пареньку вожжи, Кондарев спросил:

— Отчего ты всегда, мой друг, поешь околесицу?

Паренек фыркнул, а Кондарев прошел в дом.

Опалихин поднялся навстречу Кондареву. До его прихода он лежал на диване и читал какую-то книгу.

— Какими судьбами? — весело спросил он его, ставя ноги на пол и здороваясь. — Я ведь нынче к тебе собираюсь.

— Да я за тобой и заехал, — устало усмехнулся Кондарев, присаживаясь рядом на диване. — А ты уж, кажется, и прифрантился даже? — снова лениво усмехнулся он, оглядывая щегольской костюм Опалихина.

— Как видишь, — засмеялся и Опалихин.

— Ну, что же, посидим немного-мало, да и айда! — Кондарев привалился в угол дивана.

— Кстати — внезапно заговорил он как-то особенно ясно произнося слова, — образцы шуваловского овса у тебя еще остались? А то мне хочется прикинуть их на глаз со своими. — Он уставил на Опалихина взор и слегка побледнел.

— Остались, остались, — весело отвечал Опалихин и достал из кармана бронзовый ключ, так хорошо знакомый Кондареву.

Кондарев подумал:

"Так ключ у тебя в кармане был, и теперь стало быть нужно, чтобы ты его туда же и отправил".

Опалихин отпер стол и подал Кондареву овес. Тот внимательно оглядел его, понюхал, пошевырял пальцами и даже попробовал на вкус.

— Этот лучше! — проговорил он с усталым видом.

Опалихин снова спрятал овес и, заперев стол, сунул ключ в карман. Кондарев не спускал с него глаз. "Вот так-то лучше, — подумал он, когда Опалихин опустил ключ, — ключ теперь при тебе, а с этим ключом мы в новые двери с тобою пойдем. Теперь уж игра без проигрыша начнется!"

— А знаешь, — заговорил он, — я сегодня весь день с женой беседовал. И знаешь о чем? О мужестве и жестокости.

— То есть? — поднял на него глаза Опалихин.

— То есть, что люди смешивают эти два понятия, хотя расстояние между ними, как от неба до земли. Возьмем такой пример. Вижу я, тонет человек; мне его жалко и я бросаюсь к нему на выручку. Ну-с, плыву я к нему и думаю, что так мне его не спасти, потому что со страха он мне в горло обеими руками вцепится и вместе с собой же утопит. И вот я подплываю к нему с хитростью, осторожно и, не говоря худого слова, бью его кулаком по голове, да так бью, чтобы из него на время душа выпрыгнула. У него, конечно, глазки под лоб, а я его за волосы и на берег. Как это по-твоему, — усмехнулся Кондарев, — мужественно или жестоко?

— Довольно оригинальный прием, — расхохотался Опалихин и со смехом добавил:

— А ты на всякий случай по головке-то поосторожней! А то, пожалуй, пересолишь, и тогда душа-то на очень продолжительное время в отпуск уедет. — И он снова расхохотался.

— Нет, в самом деле, — приставал к нему Кондарев, — мужественно или жестоко?

Опалихин отмахивался руками и хохотал. Глядя на него расхохотался и Кондарев. Долго они хохотали оба, поглядывая друг на друга с красными лицами и надувшимися на висках жилами. Однако, Кондарев первый оборвал свой смех и, внезапно побледнев, устало привалился в угол дивана.

— Поздравляю, — шутливо расшаркался перед ним Опалихин, — ты, кажется, вместе с утопающим ко дну пошел.

Кондарев не отвечал ни слова.

Когда он привез Опалихина к себе, в их саду уже собралось маленькое общество. Людмилочка, Вера Александровна и хозяйка ходили по аллее, о чем-то оживленно беседуя. А Столбунцов придерживал Грохотова за пуговицу и деловито говорил:

— Между женщинами и дичью есть много общего. Для аматера первое условие, чтобы и те и другие были хорошо выкормлены. Ожирение никуда не годится, но маленький слоек жирца под кожицей — это восторг, прелесть и объеденье. Этот слой делает кожу удивительно мягкой, нежной и вместе с тем упругой, как шелк. Тут все нега, аромат и упоение. Но Боже вас упаси иметь дело с ожирением! Однообразно холмистая местность с первых же шагов утомляет взор путешественника своим монотонным видом. Иду далее...

Вечер был теплый и ясный; трели соловьев звонко гремели в осиновой роще, оглашая воздух могучей мелодией. Короткие крики страсти чередовались в ней с протяжными стонами тоски, и звонкий хохот радости сменялся звуком рыданий. Деревья не шевелились; голубой сумрак, прозрачный и благовонный, медленно затоплял аллеи сада.

Столбунцов говорил:

— Рыженьких можно разделить на три категории: во-первых, огненно-красные, с бурыми веснушками и белыми ресницами. Этот сорт, говоря откровенно, годится только для аматеров. Второй сорт — матово-бронзовые с карими глазами и веснушками только у носа. Их в свою очередь нужно подразделять на три отдела...

Столбунцов потирал бритые, как у актера, щеки и все говорил и говорил, а Грохотов глядел на него во все глаза и думал о горелке "Ауера", которую он еще не успел приобрести.

XIV

Опалихин засмеялся, крикнул что-то через стол раскрасневшейся Людмилочке и сказал:

— А теперь позвольте мне, господа, прочитать рассказ одного моего приятеля. Рассказ этот короток, прислан он мне пять лет тому назад и носит заглавие "На берегу Суры". Содержание его слегка соответствует только что поконченному спору и, пожалуй, даже в некотором роде поучительно. Можно ли читать? — повысил он голос и позвонил рюмкой о рюмку, призывая к тишине. Хохот на балконе стих. Вера Александровна крикнула:

— Читайте. — И, наклонившись к уху Грохотова, она прошептала:

— Завтра я приеду к вам и буду глядеть "Воинство ангелов". Хорошо?

Опалихин снова позвонил рюмкой о рюмку. Волна прохлады пришла из-за аллеи и разлилась по балкону ленивой струей. Пламя свеч запрыгало в стеклянных колпачках. Опалихин придвинул к себе одну из свечей, поглядел на Татьяну Михайловну и вынул из бокового кармана своего пиджака маленькую тетрадку.

Кондарев с усталым лицом равнодушно оглядел Опалихина, вытянул ноги и зажмурил глаза. Людмилочка шепнула Столбунцову:

— Я не куропатка и не перепелка. Зачем же меня шпиговать?

Столбунцов прошептал в ответ:

— А я перепил и даже очень.

Опалихин громко прочитал:

На берегу Суры

— Пишу именно тебе, — читал Опалихин, — так как последние годы моей жизни окончательно убедили меня в тех взглядах, которые ты когда-то развивал передо мною. В то время я не верил тебе и ужасно волновался в минуты наших споров. Но времена изменчивы, а жизнь сажала меня в такие рытвины и овраги, что от всех моих розово-сладких воззрений остался теперь один только лопух. Увы, они опочили, эти воззрения. И теперь я свято верю, например, что на земле нет ни героев, ни ничтожества, ни святых, ни грешников, ни глупцов, ни умных, ни подлецов, ни так называемых честных людей, а есть просто-напросто люди. Правда, люди бывают чуть-чуть получше и чуть-чуть похуже. Но это маленькое "чуть-чуть" находится в страшной зависимости от: наследственности, воспитания, состояния здоровья, климата, книг, имеющихся в моей библиотеке, общества, среди которого я живу, тех обстоятельств, в которых запирает меня судьба, и вообще, все это "чуть-чуть" есть продукт 200 тысяч причин, совершенно от меня независимых, и имя которым легион. А при таких условиях весь наш духовно-моральный багаж сводится к нулю, так как, собственно говоря, не наш багаж, а багаж того легиона.

Такова моя вера. И к ней привел меня случай, происшедший со мною недавно. Он перевернул меня вниз головою и поставил всю мою жизнь вверх дном. До этого случая я был в праве считать себя человеком, вполне порядочным; я любил отца и мать, уважал старость, был ласков с людьми, с которыми сталкивала меня судьба, не развратничал особенно скверно и давал взаймы безнадежно, в то время, как сам, пожалуй, даже нуждался. Я был мягок душой и посягнуть на счастье человека, да еще притом близкого мне, я считал непростительным и тяжким преступлением. И между тем я полюбил жену моего лучшего друга, человека, за которого я охотно стал бы под пистолет, если бы этого потребовали обстоятельства.

Веришь ли ты, что я любил его всей душою, что в целом мире не было человека, более близкого мне? Клянусь тебе, что это было так. И кроме всего этого, я прекрасно знал, что этот человек любит свою жену всем сердцем и отнять у него было все то же, что раскроить ему череп.

И тем не менее я ее полюбил. Ответь мне, кому это было нужно? Кто взрастил в моем сердце любовь к этой женщине? Ведь я всегда глядел на нее не иначе, как на жену искреннего моего, и никогда не желал ее даже в мечтах, до тех пор, пока любовь к ней не пришла в мое сердце. Но, клянусь тебе, чувство к ней выросло в моем сердце самостоятельно, без всякого участия с моей стороны; я даже совсем не замечал его роста и увидел его только тогда, когда оно выросло и возмужало настолько, что я сам испугался его силы и власти надо мною. Когда пустило росток это чувство и как развивалось оно, какие соки давали ему пищу, — я ничего не знаю. А если это чувство выросло без моего участия, помимо моей воли и желаний, так почему же я должен держать за него ответ? Почему именно я? Пусть отвечает за него тот, кто бросил в мое сердце это семя! Ведь не я же его бросил, пойми меня, не я!

Если бы ты знал, как я страдал, когда увидел его в моем сердце выросшим и возмужалым, как я плакал, чувствуя над собою его ужасную власть. О, вероятно мы кем-то прокляты и прокляты основательно, иначе кто бы посмел швырять на наши головы такие тяжкие камни!

Я ужасно страдал и к довершению всего я видел, что и эта женщина полюбила меня. И когда я увидел на ее лице отблеск нового чувства, я и обрадовался, и смертельно испугался. Обрадовался, впрочем, не я; я только испугался, а обрадовалось во мне чувство, взросшее в моем сердце помимо моей воли. И она испугалась, эта женщина, я это видел прекрасно, а когда мы оставались с ней с глазу на глаз, мы сидели с потемневшими лицами, как преступники, осужденные кем-то на позор и муки. А видел я ее часто. Наши имения были рядом, да, впрочем, едва ли расстояние могло служить помехой для наших чувств. Для страсти, также как и для мысли, не существует пространства и она способна в два прыжка добежать до солнца. Однако, решившись бороться с чувством, я все мои надежды возлагал лишь на расстояние. И после долгих ночей, без сна и полных тоски, я твердо и бесповоротно решил продать имение и удирать в другие края, к другим берегам, где я рассчитывал задушить сидевшее во мне чувство, как позорную гадину. О своих планах я не хотел никому говорить и полслова, так как я боялся, что меня станут разговаривать, и я, и я... Ты понимаешь ли, я боялся, что я не выдержу и раскрою череп моему другу! Но что всего ужаснее, так это то, что мой разум побуждал меня остаться здесь, подыскивал для меня всяческие оправдания и стряпал для моего обихода какую-то удивительную логику, искусно запирая в одно место овец с волками. По ночам он часто нашептывал мне: "Останься, но пока не бери всего счастья; будь добр, и пользуйся только его половиной. А другую половину геройски уступи своему другу!"

— Лисий хвост! — неожиданно вскрикнул Кондарев. Он сидел по-прежнему с зажмуренными глазами и бледным лицом, но очевидно волнение уже коснулось его.

Опалихин поглядел на него ясно и спокойно.

— Однако, — продолжал он свое чтение, — я не внял его убеждениям. И вот в один скверный осенний день я уложил в два чемодана кое-что самое необходимое и отправился, ни с кем не попрощавшись, в Петербург. Там я рассчитывал сдать объявление о продаже моего имения и, устроив за что бы то там ни было эту продажу, стремглав удирать дальше, в Европу, в Америку, к чертям на кулички. В своих мечтах я уже видел себя одичавшим номадом, бродящим по степям Патагонии и со вкусом пожирающим мясо, провяленное под седлом, с запахом конского пота. И так я отправился в путь. Чтобы добраться до железной дороги, мне нужно было сделать двадцать пять верст на лошадях и перебраться затем на левый берег Суры. Переправу эту я должен был совершить на пароме. Из дома я выбрался не рано, и когда наконец я увидел берег Суры, весь изглоданный вешними льдинами, в поле уже смеркалось, пламя зари медленно гасло на темно-лиловых тучах, и малиновые огоньки светились на единственном окошке крошечной хибарки, ютившейся на невысокой круче песчаного берега. Я отпустил лошадей и, захватив два небольших чемоданчика, в которых заключалось все, что необходимо для патагонского номада, отправился к этой хате. Однако, там не было ни души: перевозчики куда-то исчезли. Я сложил в угол свои вещи, с недоумением оглядел голые стены хаты и прошел на берег. Но и там меня поджидало одно лишь разочарование. Я увидел перетянутый поперек реки канат, платформу парома на левом берегу, и только. Перевозчиков не было и здесь. Я крикнул; мой крик пролетел над низкими кустами ракит, разбудил какую-то птицу и умер. Из села Чумазова, раскинутого в версте от берега, по ту сторону реки, прозвенела пьяненькая песня; волна вздохнула у моих ног. Я повторил крик, но понял, что мне не дождаться отклика, и спустившись под кручу, пошел у самой воды, пугая своей тенью стаи окуней. Я шел, куда глядели глаза, мне хотелось немного рассеяться этой прогулкой; мне было так тяжело. Когда я возвращался тою же тропой обратно к хате перевозчиков, вокруг царила темь, дул ветер, крапал дождик, а вся поверхность Суры дымилась и шипела. Сура тревожно возилась в темных берегах и тяжело вздыхала. А из села Чумазова, утонувшего во мраке, неслись пьяненькие песни, жалобно звучавшие среди шороха падавшего дождя. И прислушиваясь к их жидким звукам, я внезапно понял, почему перевозчики были не на своем месте. Чумазово праздновало престол и сплошь, поголовно, находилось в нетрезвом виде. Дождаться перевоза и ямщиков раньше утра нечего было и думать. Я взобрался на кручу, поднимаясь к хате. И вдруг я увидел женскую фигуру у дверей хаты. Я ускорил шаги и узнал в этой фигуре ту женщину, от которой я собирался удирать в Патагонию. Оба мы были крайне изумлены неожиданной встречей. От нее я узнал, что она вызвана телеграммой к больной сестре и, что она, точно также как и я, отпустила лошадей, полагаясь на исправность перевоза. На ее вопрос: куда еду я, я отвечал какую-то ересь, умолчав о Патагонии и о мясе, пахнущем конским потом. Я думал только о том, что нам предстояло ночевать с глазу на глаз в тесной хатке. Клянусь тебе, что я боялся в ту минуту этой милой женщины, как скорпиона. Мы попеняли на судьбу, поговорили о каких-то пустяках; но, однако, нельзя же было простоять всю долгую, осеннюю ночь на открытом воздухе, да притом еще под дождем. И мы вошли в хату. Я посветил ей спичкой, устроил для нее на лавке премилую постельку, а сам пошел вон из хаты. Она меня окликнула, спрашивая, как намереваюсь я проводить время и неужели же я не буду спать всю ночь? Я без ответа двигался во тьме и только у самых дверей что-то пробурчал недовольным тоном. Кажется, я сообщил ей, что я вообще никогда не сплю, и даже не знаю, как это делается. И сердито хлопнув дверью, я вышел на воздух. Сделав затем несколько шагов, я уселся на круче и стал глядеть на воду и мечтать о Патагонии. Между тем дождь полил, как из ведра. Я сидел что-то около часа и стал зябнуть. Притоптывая ногами, чтобы хоть чем-нибудь согреть себя, и засунув руки в рукава, я глядел весь съежившись на возившуюся в берегах Суру и прислушивался к пьяным песенкам села Чумазова. Мне было тошно, как собаке, которую выгнал со двора хозяин. И вдруг единственное окошко хаты стукнуло; я оглянулся и увидел лицо той милой женщины, странно белевшее во мраке.

— Послушайте, — услышал я ее голос, — вы можете простудиться насмерть!

Несколько минут она ждала моего ответа и ее лицо белело в окне. Но я молчал, как утопленник, и она поняла, что я не хочу ей отвечать. Ее лицо исчезло. Окошко снова стукнуло.

Я остался сидеть на берегу все в той же позе. Дождь лил по-прежнему, настегивая мою спину, и вся окрестность шуршала, а я сидел и дрожал всем телом; прошло еще что-то около часа, а может быть целых две вечности, и окошко снова резко хлопнуло.

— Слушайте, — снова услышал я из темноты, — ведь это

же безрассудство. Это пахнет верным тифом; это Бог знает, чем пахнет.

Она не договорила; я поспешно встал и пошел к избе.

Что тебе писать дальше? В Патагонию я не поехал и провяленного под седлом мяса не пробовал. Но я схватил жестокое воспаление в легких; и когда я метался в жару меж горячих подушек, мне приходило в голову: сейчас я может быть умру. Так зачем же я рисковал жизнью, если все равно вышло не так, как хотел я, а как это вздумалось нелепому случаю? Сейчас я сижу все там же, у тех же юбок, вялый и равнодушный. Я все еще люблю ту женщину, но я знаю, что я раб нелепого случая, жалкая игрушка судьбы, что я не хозяин моих хотений и дел, а пристало ли рабам плясать и веселиться? И я гляжу на каждое мое дело, как на работу раба. А когда при мне говорят, что вот, дескать, такой-то очень и очень порядочный человек, мне всегда хочется задать вопрос:

— А ночевал ли он хоть раз в жизни на берегу Суры?

* * *

Опалихин кончил чтение и, свернув тетрадочку, быстро спрятал ее в карман. Присутствующие молчали; Ложбинина и Людмилочка как будто улыбались. Татьяна Михайловна сидела потупившись и бледная. Столбунцов тер ладонью бритые щеки, пригнувшись к Грохотову, неподвижно глядевшему в рюмку с ликером. А Кондарев устало жмурил глаза. Пламя свечей прыгало в стеклянных колпачках под дыханием прохлады и изломанными пятнами дрожало на лицах и на ближних деревьях сада. А сад весь, звенел и плакал; песни соловьев доносились сюда из осиновой рощи и бились в вершинах серебряным звоном. Звуки то замирали от страсти, то задыхались от счастья.

— Все это вздор! — внезапно среди тишины заговорил Кондарев повышенным и возбужденным тоном и даже стукнул пальцами по столу. — Все это вздор и нелепость, — продолжал он, — твой патагонец не прав! То есть, — поправился он, —

неправ он только в конечных выводах. Посылки же его кажутся мне справедливыми.

Кондарев передохнул. Все оглядывали с любопытством его возбужденное лицо.

— Твой патагонец говорит, — продолжал, между тем, он, — первое, чувство сильнее нас. Второе, чувство пробуждается в нас помимо нашего участия, почему мы за него не ответчики. Третье, семена этих чувств заброшены в наши сердца черт знает кем и, может быть, даже вот именно самим чертом. И четвертое, разум отнюдь не оружие против чувства, а лишь его верный слуга. С этим я соглашаюсь. Все это так!

Кондарев встал, движением ноги отодвинул стул, на котором сидел, и, опираясь руками о стол, продолжал с внезапно вспыхнувшим лицом:

— Патагонец, по-моему, неправ вот в чем. Патагонец утверждает, что у нас так-таки нет никакого оружия для борьбы с чувством и что все мы жалкие рабы нелепой случайности. Да это так, пока мы не взяли в руки надежного и верного оружия. В таком случае мы жалкие рабы, дрянь и ничтожество. И только! Но если мы завладели этим оружием, — о, тогда мы господа своих поступков, тогда мы сила и могущество. А такое надежное оружие у нас есть. Оружие это — чувство же! Чувство же, пойми ты это раз навсегда, Сергей Николаевич, — с силою воскликнул Кондарев звенящим голосом и оглядел Опалихина загоревшимися глазами, — чувство же, а не разум! Пойми ты это!

— С чувством можно бороться чувством же, — взволнованно продолжал он после минутной паузы среди притихшего балкона, — и только чувством! И семена этого воинствующего и протестующего чувства, того самого чувства, которое бессознательно гнало патагонца есть вяленое под седлом мясо, — семена эти живы в каждом человеческом сердце.

— Да, — говорил он громко с алыми пятнами на щеках, весь разгоряченный и возбужденный, — каждое сердце человеческое несет в себе ростки этого протестующего чувства, и для того, чтобы они возмужали и окрепли, нам надо почаще

100

вглядываться в идеалы чистоты и кротости, в те идеалы, которые посеяли их. Ведь только из них, из этих ростков, мы можем выковать себе тот архангелов меч, который разрубит, наконец, надвое пресмыкающуюся в нас гадину.

Кондарев на минуту замолчал, поводя сверкающими глазами, слегка запрокинув голову и оглядывая окружающих.

На балконе было тихо. Тягучие волны прохлады проходили порой через балкон, играя концами скатерти и подвитыми волосами женщины, Опалихин, склонившись к Ложбининой и кивая на Кондарева, шептал:

— Он пьян!

— Вы скажете мне, — говорил в возбуждении Кондарев, — вы скажете мне: да неужто же это так в самом деле просто? Поглядел человек на идеалы чистоты, возлюбил их и сразу же чистым стал? О, нет, — вскрикнул Кондарев, — кто говорит, что это легко! Это трудно, это наверно очень трудно, да ведь и железную дорогу сочинить не легко было, да ведь сочинили же вы ее! А сочинили вы ее, потому что вы работали в этом направлении целыми веками; вы — работали, и вам далось, вы стучали — и вам открылось. А стучались ли вы в том направлении, в направлении чистоты и кротости? Стучались ли вы? А ведь и там сказано: стучитесь и открою вам. Но в том-то и дело, что вы не ударили в том направлении и пальцем о палец, так каких же плодов вы хотите? А почему бы в самом деле нам не попробовать поработать вот именно в том направлении, — говорил Кондарев, точно подхваченный каким-то потоком. — Отчего бы нам не поработать над собою и над воспитанием наших детей вот именно в тех идеалах? Ведь воспитывали же спартанцы свое юношество в духе своих идеалов, и поглядите, какие блестящие, с точки зрения тех идеалов, результаты давало это воспитание. Да, — работайте над собою, пересоздайте ваши школы, учите детей состраданию и живой деятельной любви к ближнему точно так же, как вы учите их аналитической геометрии, преподайте им методы бороться с инстинктами зверя и почерпать наслаждения в победе над ним, укрепляйте их волю, работайте сами, наконец, бок-о-бок с ними, и вы увидите, что за великолепное существо возродится из нашего гнилого тела после многих веков такой работы.

— Да, — возбужденно стучал Кондарев пальцами по столу, весь задыхаясь от волнения, — в возможность появления вот именно такой высшей расы, такого сверхчеловека я верю и верю свято! И я не думаю, чтобы он походил на того, "сверхфисоешьена", которому, как кажется, готовы поклониться все вы!

Все лицо Кондарева внезапно передернула злобная судорога, и он снова резко ударил по столу, так что рюмки ликера звякнули друг о друга. С минуту он глядел на всех присутствующих с злобным вызовом, как будто собираясь опрокинуть на их головы оскорбления. Весь балкон как бы напряженно притих. Татьяна Михайловна во все глаза глядела на мужа. Однако, он не проронил ни слова, и неожиданно придвинув к себе ногой свой стул устало опустился на него. Его глаза стали тусклыми; возбуждение, очевидно, покинуло его и злобная судорога ушла с его губ.

— У-ф-ф, — насмешливо вздохнул Опалихин, — у меня как гора с плеч; ведь я так и думал, — усмехнулся он Кондареву, — что сейчас ты будешь всех нас графином из-под наливки бить. И мне было ужасно жалко и нас и наливку. — Он расхохотался и добавил: — Да, Александр Македонский был великий человек, но зачем же стулья ломать, о мой лучший друг?

Напряженная тишина балкона разразилась смехом; женщины повеселели и оживленно заговорили. Послышался звон рюмок.

— Нет, в самом деле, устало улыбнулся и Кондарев, — ведь твой патагонец, — повернулся он к Опалихину, — совсем не прав. Ведь он вместо того, чтобы борьбу с чувством вести психологически, вздумал одержать победу чисто физическим путем, разъединив себя с предметом своей страсти. Это ведь уж совсем не логично. И вот тут-то нелепый случай и подкараулил его и раздавил, как комарика.

Кондарев замолчал, устало жмуря глаза.

На балконе снова стало тихо; только соловьиные трели торжествующе звенели в темных вершинах, да ленивые и тяжелые волны прохлады то и дело набегали на платформу балкона, шевеля подвитыми волосами женщин; эти волны приходили правильным прибоем одна за другою, через известные промежутки, и уходили дальше к темным и неподвижным кустам, встречавшим их тревожным шелестом. Пламя свечей мерцало на лицах людей и в рюмках зеленого ликера. Балкон молчал и о чем-то думал.

XV

Вся компания с балкона перешла в сад. Мужчины и женщины разместились среди цветущих кустов белой и лиловой сирени за круглым зеленым столом на узких садовых скамейках. Пламя единственной свечи мерцало на столе под стеклянным колпачком, привлекая ночных бабочек, и освещая крошечные рюмки и темные кувшинчики ликера. Ложбинина и Людмилочка, разгоряченные ликером, с возбужденными лицами и сверкающими глазами, ближе придвигались к мужчинам, и их шутки делались все непринужденнее, а жесты более ленивыми и изнеможенными. Казалось, ночь опьяняла их, как вино. Татьяна Михайловна вполголоса беседовала о чем-то с Грохотовым. Столбунцов хохотал, показывая Людмилочке из четырех спичек какой-то удивительный фокус и загораживая эти спички ладонью руки от других любопытных глаз. Задорный и шумный хохот то и дело проносился по саду короткими и звонкими взрывами. Только Кондарев как будто не принимал никакого участия в общем смехе. Он сидел несколько особняком, в черной шелковой рубашке, с бледным лицом, и, устало жмуря глаза, думал: "Однако, мне пора бы уж и начинать. Чего же я в самом деле точно завяз!" Но начинать он не торопился и выражение мучительных колебаний отражалось на его бледном лице. Минута шла за минутой, а он все сидел и напряженно думал о чем-то, застыв в неподвижной позе и точно вглядываясь во что-то усталыми глазами.

И вдруг его точно что осенило; он встрепенулся, по его губам скользнула усмешка, до неузнаваемости изменяя сразу все его лицо; он с трудом перевел дыхание и, поворачиваясь к Опалихину, сказал уже лениво и спокойно:

— А я твою почту захватил с собою сегодня; хотел тебе завезти, да, признаться, забыл. Сходи, не поленись, она в кабинете на столе.

— А письма есть? — весело спросил Опалихин, поднимаясь с места.

Кондарев устало протянул:

— Н-не знаю! — и он равнодушно зевнул, давая дорогу Опалихину.

Опалихин исчез в дверях дома, а Кондарев подсел поближе ко всей компании и заговорил о том, какие удивительные кутежи приходилось ему видеть на ярмарках в Николаеве. А через минуту он как-то вскользь заметил:

— Что же это, однако, Сергей Николаевич запропастился, без него точно чего-то не хватает.

— Ну, и запрятал же ты мою почту, — смеялся Опалихин, показываясь на балконе, — сказал — на столе, а она оказалась на этажерке; насилу нашел!

— Н-не помню, может быть, — устало и лениво протянул Кондарев.

Беседа оживилась снова, и хохот зазвенел в вершинах сада. А через некоторое время Кондарев подсел к Столбунцову и заигрывающим шепотом сообщил ему на ухо:

— А ведь я достал тот альбом, о котором я говорил вам третьего дня.

— Да ну же, — восклицал Столбунцов, хватая Кондарева за локоть, — да не может же быть! — и сверкая вороватыми мышиными глазками, он добавил, умоляюще прижимая обе руки к сердцу:

— Будьте отцом родным, дайте его на дом!

Кондарев тотчас же согласился на это и предложил Столбунцову пройти в его кабинет и взять с этажерки этот альбом.

— Только смотрите не попадитесь с ним. Зазорно ведь будет, — шептал он Столбунцову на ухо, — спрячьте его сейчас же в карман своего пальто и баста!

Столбунцов с комичными жестами побеждал за альбомом, а Кондарев сидел и думал: "О, лисий хвоста, о, лисий хвост, как ты изворотлив!"

Вскоре после того, как Столбунцов возвратился из кабинета, вся компания, оживленно беседуя, гуляла по саду. И тогда Кондарев, выбрав удобный момент, незаметно отстал от всех, и, осторожно скрываясь за кустами сирени и акации, направился к дому. В дом он проник не через балкон, так как это случайно мог увидеть кто-либо из гостей, а с переднего крыльца, обогнув для этого весь фасад дома и стараясь скрываться в тени. Когда он вошел в переднюю, его сердце внезапно упало, и мучительное волнение охватило его. Он даже остановился, с тревогой оглядывая полуосвещенные стены прихожей, точно он видел их в первый раз. Чем-то жутким пахнуло на него от этих стен. Он схватил себя за виски. "Что же это такое, — подумал он с тоской, — неужели же я иду, чтобы утопить его, и мне нет больше возврата?"

— Что же это такое? — шептал он кривящимися губами.

Какая-то сила, точно горячей волной, толкнула его в спину. Кондарев сделал шаг колеблющейся походкой и остановился снова. Ему хотелось крикнуть:

— Я не могу! Я не хочу этого!

Однако он сделал еще шаг, весь до неузнаваемости бледный, с дрожащими губами. Горячая волна снова набежала на него и понесла вперед могучим прибоем. В его голове точно все закружилось, замелькало и запрыгало.

Он двинулся вперед по полутемным комнатам, от которых на него веяло чем-то незнакомым, чужим и мучительно жутким. Его походка и жесты тоже как будто казались ему чужими и новыми, точно весь он был перерожден под могучим дыханием какой-то страшной силы. И ему приходило в голову, что, вероятно, с такими же точно жестами, и тою же удивительно мягкой и неслышной походкой двигаются среди незнакомых и жутких стен убийцы. На пороге кабинета, тихо коснувшись обеими руками косяков двери, он на минуту остановился, точно застыл, переводя дыхание и чутко прислушиваясь к напряженной тишине дома. А затем, так же осторожно, он двинулся вглубь кабинета. У стола он остановился и неслышным жестом достал из кармана небольшой бронзовый ключ; вложив его в скважину замка, он отпер и тихо выдвинул ящик; пачки денег лежали уже здесь готовыми, аккуратно перевязанные простой белой тесьмою. Кондарев забрал их и сунул в карман своих шаровар. Затем тем же осторожным и мягким движением он снова вдвинул и запер ящик и, спрятав ключ, двинулся обратно в прихожую, неслышно ставя ноги и прислушиваясь настороженным и чутким слухом остерегающегося зверя.

В прихожей он подошел к вешалкам и стал разыскивать среди разного платья опалихинское пальто, шаря руками и прислушиваясь. Скоро он нашел его; он внимательно оглядел его и обшарил все его карманы; в одном из них была засунута почта: несколько газет и небольшая книжечка; и эта книжечка сразу привлекла собою внимание Кондарева; он вынул ее из кармана пальто, оглядел со всех сторон самым тщательным образом и высвободил из бандероли; достав затем из кармана своих шаровар деньги, он засунул их в бандероль этой книжки, с тем расчетом, чтоб только маленький уголышек кредиток выглядывал из-под бумаги бандероли. А самую книгу он спрятал здесь же в прихожей. После этого он осторожно вышел на крыльцо, как бы считая все дело конченным. Однако, с минуту он простоял здесь, точно что-то взвешивая и шевеля бледными губами, а затем возвратился обратно в прихожую. На него внезапно напало сомнение, в карман ли Опалихина запрятаны им деньги. И ему было необходимо убедиться в этом. В последнее время он слишком внимательно присматривался к этому пальто, но его мог обмануть полумрак комнаты. Присутствие же в кармане этого пальто почты, по его соображениям, решительно ничего не доказывало, так как Опалихин в полумраке мог ошибиться и сам, приняв чужое пальто за свое. И внимательно убедившись в том, что никакой ошибки не произошло, и деньги спрятаны туда, куда и предназначались, Кондарев вторично вышел на крыльцо.

Осторожно обогнув сад, он вошел в него со стороны

Вершаута и внезапно предстал перед весело хохотавшей группой.

— А я сейчас стоял на берегу Вершаута и глядел на воду, — сообщил он всем вообще, — как там дивно хорошо!

Он даже развел руками, и на его лице отразилось восхищение.

Все полюбопытствовали поглядеть на Вершаут, и вся группа двинулась темной аллеей к берегу, шумно хохоча, толкаясь и перебрасываясь остротами. Столбунцов побежал с Людмилочкой в перегонку и на бегу кричал ей во все горло:

— Если я вас перегоню, вы должны меня поцеловать, а если вы меня перегоните, — целовать вас буду я! Хорошо?

Вся неподвижно спокойная поверхность Вершаута была заткана звездами; у берегов вода казалась совершенно черной, а на середине она сверкала как сталь. Здесь было тихо, но когда ветер скользкой струей касался реки, она вся покрывалась, как сеткой, мелкой морщиною, а огоньки звезд прыгали и дрожали.

По небу полуночи ангел летел!

неожиданно запел Грохотов красивым и мягким тенором.

Вся группа как-то оцепенела и напряженно задумалась.

Гости Кондаревых собрались разъезжаться по домам только тогда, когда мутный рассвет уже глядел в окна дома, словно туманом наполняя комнаты. Все толпились в прихожей, с усталыми лицами разыскивая свое платье. Со двора доносились звон бубенцов и сердитые крики кучеров. Внезапно в прихожей раздался хохот; при прощании оказалось, что Ложбинина и Людмилочка пришли к Кондаревым пешком, так как их усадьбы были уже совсем рядом, и теперь все с хохотом занялись распределением этих двух женщин по чужим экипажам. В конце концов и этот вопрос был улажен. Большинством голосов Грохотову было поручено доставить Ложбинину, а Столбунцову — Людмилочку. Хохот еще звучал, когда Кондарев неожиданно обратился к Опалихину и сообщил ему, что сейчас он покажет ему образцы своего овса. И он поспешно отправился в кабинет. Там, торопливо достав из кармана бронзовый ключ, он отпер и до половины выдвинул один из ящиков стола, тот самый, где раньше сохранялись его деньги. Внезапно он побледнел; его обожгла мысль: что если Опалихин до его возвращения найдет в своем кармане его деньги? Тогда все сражение будет безнадежно проиграно. Он прислушался. В прихожей еще звучал все тот же беспечный хохот и это его успокоило. Он поспешно двинулся вон из кабинета.

— Какое несчастие, — растерянно прошептал он в самых дверях прихожей, весь бледный и чуть не качаясь на ногах, — меня обокрали!

Он обвел присутствующих тусклым взором и добавил:

— Сорок пять тысяч из запертого стола!

Вся прихожая ахнула. Татьяна Михайловна с минуту глядела на мужа, как бы ничего не понимая, и, наконец, крикнула:

— Да быть этого не может! Ты что-нибудь путаешь.

В прихожей точно что порвалось. На Кондарева посыпались со всех сторон тревожные расспросы.

Он растерянно повторял:

— Сорок пять тысяч из запертого стола. А ключ у меня в кармане.

Он снова обвел присутствующих тусклым взором и, разводя руками, добавил:

— И главное, никто даже и в кабинет-то не входил!

Его лицо было бледно, и жесты казались расслабленными.

— Как никто, — вдруг проговорил Опалихин небрежно, — в кабинета входил я.

— Да это что, — развел руками Кондарев, — это я не считаю. — Он пожал плечами.

Женщины переговаривались с возбужденными лицами.

— И я! И я входил! — резко вскрикнул Столбунцов, выдвигаясь на середину и измеривая глазами Кондарева. — Так что же... Неужто вы смеете думать... — Он задохнулся от бешенства.

— Платон Платоныч, — вскрикнул Кондарев, бросаясь к Столбунцову, — да неужто же я могу подозревать? Господи! — всплеснул он руками.

— Я человек запутавшийся, — визгливо кричал Столбунцов, — и я требую, чтоб меня обыскали! Я не вор! — Его маленькие глазки метали искры. Он весь дрожал.

— Платон Платоныч, — умоляюще шептал Кондарев, всплескивая руками, как женщина.

Неловкое замешательство носилось в прихожей.

— Вот вам, глядите, — хрипло повторял между тем Столбунцов, выворачивая среди прихожей свои карманы один за другим порывистыми жестами, — вот мои ключи, вот кошелек — тут и сорока пяти копеек нет, по объему уж видно; вот часы, — повторял он, — носовой платок, фотография madame Blanche перед купаньем... — Он сердито выкидывал все вещи из своих карманов на деревянный диван прихожей. — Вот револьвер, вот "альбом вакханок".

— А у меня решительно ничего нет с собою, — говорил в то же время Опалихин с холодной насмешливостью, роясь по карманам, — ничего, кроме почты, носового платка, ключей и портсигара. — И достав из кармана пальто пачку газет и бандероль, он вертел ею в руках. Внезапно Кондарев двинулся к нему медленным шагом и побелел, как полотно. Однако, он тотчас же остановился. Столбунцов предупредил его; он увидел что-то подозрительное под бумагой бандероли и мелким шажком, как-то весь изогнувшись, побежал к Опалихину.

— А это-с, — вдруг визгливо и злобно выкрикнул он, вырывая из рук Опалихина книжечку, — а это-с! — повторил он, надрывая бандероль и тем обнаруживая деньги, — а это-с! — Он с брезгливостью швырнул и деньги, и бандероль к своим ногам.

— Ф-фу! — вздохнул он отрывисто, с брезгливой гримасой на губах.

Вся прихожая замерла и оцепенела. Опалихин стоял побледневший, сияя холодными глазами.

— Я промотавшийся, я промотавшийся, — между тем, с злобным лицом шипел Столбунцов. — Опалихин вошел в кабинет, — это ничего-с, а я... Ф-фу! — снова дохнул он всей грудью с брезгливостью. Он передернул плечами.

— Да клянусь, я и не думал на вас, — крикнул ему Кондарев.

Женщины в замешательстве жались у стен.

Деньги по-прежнему валялись на полу. Опалихин стоял над ними с холодной и гордой усмешкой.

— А я хоть и не промотавшийся, — проговорил он твердо, — но тоже не вор. Мне кто-то подсунул эти деньги, вот и все, — пожал он плечами.

— Может быть, я украл, — снова хрипло вскрикнул Столбунцов, — да подсунул куда попало? Да? Я ведь промотавшийся! Андрей Дмитрич, — мелким шажком побежал он к Кондареву, — деньги выкрадены из запертого стола! Да? И я требую, чтоб испробовали мой ключ. Подойдет ли он к вашему столу. Понимаете ли, я требую, — крикливо повторил Столбунцов и метнул в Опалихина презрительным взглядом.

И по этому взгляду Кондарев сразу понял, что Столбунцов вспомнил об удивительном сходстве столов его и Опалихина.

— Я этого не допущу у себя в доме! — вскрикнул Кондарев, бросаясь к Столбунцову. — Делайте со мной, что хотите, но я этого не допущу!

Столбунцов сердито бегал взад и вперед по прихожей, ероша волосы и потирая ладонью бритые щеки.

Внезапно Опалихин побелел как снег. Он тоже вспомнил о сходстве столов.

— Мой ключ может и подойти, — наконец заговорил он, стараясь одолеть охватившее его волнение, — так как наши столы куплены в одной и той же мастерской! — И с этими словами он вынул из своего кармана небольшой бронзовый ключик и положил его на диван прихожей.

— Если хотите, можете испробовать; может быть и не подойдет; все-таки в замке возможна разница. Кто знает?

— Сергей Николаевич! Что ты делаешь? Я этого не допущу! — крикнул Кондарев возбужденно.

Опалихин надменно пожал плечами. Кондарев схватил ключ, чтоб передать его обратно Опалихину, но Столбунцов поймал его за руку.

— Нет-с, па-а-звольте-с! — проговорил он хрипло, отбирая

110

у Кондарева ключ. — Случилось так, что и я, и Сергей Николаевич были в кабинете, и только-с! Я и Сергей Николаевич! — вскрикнул он. — В этом кабинете совершена кража и теперь-с в наших интересах, понимаете ли-с, в наших интересах, чтоб ключи были испробованы. Не-пре-менно-с испробованы! — повысил он голос. Порывистым движением он достал из кармана свой ключ и подбежал к Ложбининой.

— Милая барыня, — заговорил он, — возьмите эти два ключа и испробуйте ими стол Андрея Дмитрича. Милая барыня, — повторил он, — снимите с нас позор!

Ложбинина стояла в колебании.

— Я этого не позволю! — заломил Кондарев руки.

— Это не ваше-с дело! — резко крикнул Столбунцов. — Это-с наши личные-с интересы! — повторил он голосом, свистящим от бешенства. — Вы можете не возбуждать уголовного преследования, это вот вы в праве, — сердито добавил он и передернул плечами.

— Делайте тогда что хотите, — развел Кондарев руками.

— Милая барыня, — повторял Столбунцов перед Ложбининой, — снимите с нас позор!

Ложбинина с смущенным лицом тихо приняла из его рук оба ключа и отправилась с ними в кабинет. В прихожей сразу стало невозмутимо тихо. Все точно замерзли. Только Грохотов беспечно чертил что-то по полу своею тростью.

Вера Александровна вновь появилась в прихожей; ее лицо было бледно; все повернули к ней головы одним движением. Даже Грохотов перестал чертить тростью.

— Подошел ли мой ключ? — хрипло спросил ее Столбунцов, принимая из ее рук оба ключа и передавая один из них Опалихину.

Ложбинина отрицательно качнула головой.

— Нет!

— А мой? — задал вопрос и Опалихин и чуть-чуть побледнел.

Ложбинина быстро и в замешательстве пошла мимо него вон из передней. У самых дверей она прошептала:

— Ваш? Да! Подошел.

XVI

— Хорош мальчик? — спрашивал Столбунцов Людмилу Васильевну, подвозя ее в своем экипаже домой. Все его бритое, как у актера, лицо было еще взволнованно и возмущено. Губы вздрагивали.

Людмилочка не отвечала ему ни слова. Лошади бежали бодро. В поле стояла беловатая муть, и шелест ржи будил воздух. Столбунцов внимательно оглядел Людмилочку от рыжеватой головки вплоть до лакированных башмаков.

— Ф-фу, — вздохнул он всей грудью, — была минута, когда мне хотелось бить Кондарева. Мне показалось, что он поглядел на меня, как на вора.

Лошади пошли шагом, спускаясь под гору. Отвесная и глинистая круча оврага резко обрисовалась в полусвете своим золотисто-желтым изломом. В глубокой выбоине русла еще дымился туман.

Людмилочка шевельнулась в экипаже.

— Так неужто же это он украл те деньги? — с недоумением взглянула она на Столбунцова и уперла конец лилового зонтика в носок ботинки.

Столбунцов пожал плечом. Он понял, кого она разумела под словом "он".

— А кто же? — спросил он ее. — Мальчик запутался, задолжал; его, говорят, в Петербурге одна бабенция тысяч на двадцать постригла. И вот, — развел он руками.

Он вздохнул и поиграл пальцами.

— Не знаю, вот еще что-то он будет делать с отчетом земству, — заговорил он отрывисто. — Как бы Грохотову за него на скамью подсудимых не пришлось сесть. Грохотов-то ведь разиня порядочная: он ведь только о горелках Ауэра, да о граммофонах и думает. Да вот еще ангелов каких-то рисует. Дома в черном подряснике ходит. Жена у него ручки целует, как у архиерея. Просто потеха! А, впрочем, ну их всех к черту! — с досадою отмахнулся он. — А вы со мною не проедетесь? — внезапно переменил он тон через минуту. — Так просто, полем? Прокатиться? Что-то голова трещит.

Людмилочка протяжно сказала:

— Ну что же!

Лошади, круто повернув от самых ворот Ложбининской усадьбы, плавно понесли экипаж мягкою полевою дорогою. Слева, за Вершаутом гремели песни соловьев. Столбунцов ближе подсел к Людмилочике. Некоторое время они ехали молча. Людмилочка чувствовала на себе его загоравшийся взгляд. Внезапно ей стало как будто страшно. Она хотела даже отодвинуться от него, но передумала, внезапно отдаваясь жуткому ощущению, опахнувшему ее как теплый ветер.

— Любили ли вы хотя раз в жизни так, — наконец зашептал Столбунцов, почти припадая к плечу Людмилочки, — любили ли вы так, что ради этой любви вы с готовностью пошли бы на преступление, на позор, на все, что хотите?

— Н-не знаю, — прошептала Людмилочка.

Прохладный и свежий ветер дул ей прямо в лицо, играл у висков ее волосами и протяжно гудел в ушах. Она точно с тревогою заглянула вдаль. Белесоватая муть колебалась в поле, таяла и делалась желтою.

— А я вот всегда так люблю, — шептал Столбунцов.

Людмилочка слышала его горячее дыхание и ей казалось, что это веет жаром от его слов. Она тихо встряхнула головою, точно желая прогнать от себя что-то.

— А я вот всегда так люблю, — повторил Столбунцов тем же горячим шепотом, — и только именно так. И когда любовь уходит от меня, я знаю, что она не совсем покинула меня, а только на минуту вышла за ворота и сейчас же вернется обратно. И так любить — это восторг и счастье!

На Людмилочку снова пахнуло чем-то горячим. Шум ветра кружил ей голову сладким и жутким звоном. Она подставила свое лицо скользкой невежей струе, приподняв голову. Курчавые пряди волос шевелились у ее висков. Лошади бежали бодро, и поле ржи весело шуршало.

— И вот теперь я тебя так люблю, — шептал Столбунцов, припадая к ее уху, — прикажи, и я убью для тебя кого хочешь. Прикажи украсть те сорок пять тысяч, и я украду! Испытай меня, прикажи украсть! — Его шепот звучал мольбою и стоном. — Теперь, сейчас, — шептал он, — у меня одна святыня, это любовь к тебе. И вне этой любви — все дрянь и ничтожество. Ну, скажи же хоть слово! Хочешь, я выброшу тебе мою жизнь за единую минутку? О, как ты холодна!

Людмила Васильевна слушала его молча, слегка запрокинув голову и подставляя побледневшее лицо скользкой волне ветра. В ее глазах мерцала скорбь и тревога. От его слов на нее веяло зноем, и что-то словно таяло в ней, расслабляя ее, уничтожая волю и силы.

Столбунцов схватил ее руку и больно стиснул ее. Она тихо освободила руку, напряженно вглядываясь вдаль.

— Ефим, к Ложбининой, — хрипло приказал он кучеру.

Лошади круто свернули назад, отфыркиваясь. Поле шуршало. Клочья тумана еще дымились кое-где над выбоинами.

— На земле, — снова горячо зашептал Столбунцов, весь припадая к Людмилочке, — на земле все дрянь и ничтожество. Есть только одно чувство, которое имеет цену, так как оно уносит нас отсюда хоть на минутку в другие миры. И это чувство — любовь. Она одна выше всех условий и законов. Я люблю тебя, — со стоном шептал Столбунцов, — и если ты даже и не полюбишь меня, я уже вознагражден, стократ вознагражден моим чувством. Оно делало меня, это чувство, безгранично сильным, и сокрушало передо мной все преграды и все законы, и все условия, и весь мир, кроме тебя одной, и разве это не счастие чувствовать в себе такие могучие силы, такое чудовищное отрицание всех и всего? Прикажи мне что-нибудь самое нелепое и дикое, — с мольбою стонал он, — испробуй мои силы и прикажи... — Он все ближе придвигался к ней и внезапно обхватил ее стан сильным объятьем. Она со страхом и тоскою заглянула в его глаза. Его губы припали к ее шее.

— Вера Александровна, я думаю, уже спит, — хрипло говорил он ей, поднимаясь вместе с нею на крыльцо дома, — наверное уже спит, а я, если позволите, пойду на минутку в вашу келью и возьму у вас почитать последнюю книжку Прево. Вы разрешаете?

Она не отвечала. Осторожно ступая, они поднимались по лестнице мезонина. Ее стройная фигура мелькала перед ним на ступенях и дразнила его. Они вошли в ее комнату оба бледные и встревоженные. Пламя рассвета уже горело на полу, под окнами и на светлых обоях стены золотисто-желтыми сверкающими пятнами. Веселый гул раннего утра врывался сквозь окна. Людмила Васильевна неподвижно остановилась; ее взор бродил по всей комнате, с выражением тоски и беспомощности, и золотистые нити сверкали в ее волосах. Столбунцов поспешно снял с нее длинную пахнувшую духами накидку и шляпу и небрежно бросил все это на стол; затем он быстро подбежал к ней, слегка изогнувшись, заглянул в ее глаза как-то снизу и хрипло, злобно-торжествующе прошептал:

— Вот то-то и есть-с! Это чувство — сила, могущество и божество, а мы жалкие и ничтожные комарики! — В его глазах сверкнул сердитый и дикий огонь. Он точно толкнул ее от себя и вдруг поймал ее обеими руками за талию.

Когда он вышел, наконец, на крыльцо, весь двор уже был залит теплыми и сверкающими потоками солнечного света. За избами горланили петухи. Ефим, с форсом подавая ему лошадей, ухмылялся с козел; из глубины двора он хорошо видел в окне мезонина прощальный поцелуй своего барина, и, ухмыляясь в бороду, он теперь думал:

"В этом году не то семая, не то восьмая".

Он знал большинство секретов барина и вел про себя счет.

У Ложбининой сидели ее обычные четверговые гости: Кондаревы, Грохотов, Столбунцов. Недоставало только одного Опалихина. Прежде чем ехать к Ложбининой, Кондарев заезжал к нему и вскользь спросил, будет ли он у нее сегодня, но Опалихин отвечал уклончиво, и тень замешательства бродила по его лицу, всегда спокойному и холодному. Видимо он колебался: как будто ему хотелось ехать, его точно даже поджигало любопытство, но, вместе с тем, его пугало подозрение, что все эти люди поглядят на него, как на вора. И это угнетало его и мучило. Это было заметно по его лицу. Кондарев, не видевший его несколько дней, нашел даже его лицо сильно осунувшимся, а все его движения и жесты, всегда отличавшиеся холодной размеренностью, слишком для него беспокойными и тревожными. Очевидно, его уравновешенное спокойствие было поколеблено и силы подорваны. Он прекрасно знал, что в уезде держится упорный слух, что кондаревские сорок пять тысяч украл именно он. И сообщая об этих слухах Кондареву, он с непривычным для него волнением восклицал:

— Послушай, неужели и ты веришь, что эти деньги украл я?

Кондарев пристально глядел на него и твердо произносил:

— Ну, уж пусть это думает кто другой, а я-то убежден, как в себе, что ты их не воровал.

Такой ответ Кондарева как будто утешал Опалихина, но, выслушав его, он снова восклицал в волнении:

— Они хоть бы подумали о том, что если уж мне нужно было украсть, так я сумел бы сделать все это гораздо умнее! Как это в голову им не придет! Ну, за каким чертом, — возбужденно всплескивал он руками, — я спрятал бы эти деньги в бандероль книжки? Разве в моем арсенале не нашлось бы других более надежных способов? О, дьяволы! — восклицал он сердито и беспокойно бегал из угла в угол по кабинету.

— Ну, подумай сам, — снова подбегал он через минуту к Кондареву, — ведь спрятать украденное в карман своего пальто мог только один набитый дурак! И если уж на то пошло, разве я не мог бы их спрятать, ну, хоть бы в подушку своего экипажа, что ли? А то в карман, в бандероль книжки! Какая глупость! Ведь это мог изобрести какой-то наивный индюк! И кто бы мог это сделать? Кто? Кто?

Сидя в гостиной у Ложбининой, Кондарев припоминал весь этот разговор и думал об Опалихине: "Приедет он сюда, или не приедет?" Ему хотелось, чтоб он приехал.

В то же время Столбунцов отрывисто говорил Грохотову:

— Непременно, Алексей Петрович, требуйте от Опалихина отчет в земских денежках. Да поторапливайтесь! Смотрите,

116

посадит он вас на скамейку! Ох, посадит! Мальчик-то ведь он умный, и убежденьица у него что ни на есть клёк! Миленькие, тепленькие, славненькие!

Женщины переговаривались о чем-то вполголоса.

Татьяна Михайловна сидела бледная с больным лицом и равнодушно глядела на окружающих.

Сквозь окна в комнаты врывался шум сада и железная крыша дома порою гремела под напором ветра. Ненастный мрак глядел в окна.

— И примите к сведению, — говорил Столбунцов Грохотову, — что на Опалихина со всех сторон иски. Петербургские бабенции сказываются. Ведь женщина, как лошадь, только та и хороша, которая дорого стоит! И вообще, — ловил он Грохотова за пуговицу, — об ангелах вы на время забудьте: лучше почаще вспоминайте о дьяволе!

— Хорошо, хорошо, — успокаивал его Грохотов.

Вскоре все сидели уже в столовой за круглым столом и пили чай. Шел довольно бойкий разговор. И в эту минуту в комнату вошел Опалихин. Вошел он быстро и смело. Он был изысканно одет и старался придать своему лицу насмешливое и спокойное выражение, но это ему не совсем удавалось и тень тревоги металась в его глазах. Он выглядывал похудевшим. Он обошел весь стол, здороваясь со всеми и стараясь шутить. Когда он здоровался с Татьяной Михайловной, его лицо заметно дрогнуло. Наконец он занял у стола место и принял из рук Ложбининой стакан чаю. Мешая ложечкой в своем стакане, он пробежал взором по лицам присутствовавших и вдруг ему показалось, что все эти лица сконфужены. Он понял, что это его приход внес в эту комнату замешательство; он понял, что он чужой здесь, лишний, ненужный. Это сознание больно ударило его. Он хотел заговорить и не знал о чем и как начать. Всегда находчивый, он теперь сконфуженно молчал. В комнате водворилась неловкая тишина.

И вдруг Грохотов, незаметно подталкиваемый коленом Столбунцова, сказал, обращаясь к Опалихину:

— А вы скоро, Сергей Николаевич, земский отчет представите?

Проговорил все это Грохотов самым небрежным тоном и с невинным видом; в глубине души он даже и не помышлял обижать своим вопросом Опалихина, но, тем не менее, замешательство пробежало вокруг стола, и краска смущения метнулась по щекам Опалихина. Грохотов заметил это и, желая понравиться, добавил:

— Поверьте, я лично не надоедал бы вам, да ко мне все последние дни ужасно пристает наша комиссия.

В столовой было все так же тихо. Только железная крыша дома порою гудела под напором ветра, да деревья сада шипели. Опалихин шевельнулся на своем стуле.

— Я доставлю вам этот отчет через два дня, — холодно проговорил он, — надеюсь, за это время комиссия не умрет от любопытства. — Он скользнул по лицу Грохотова насмешливым взглядом. — Ведь я понимаю, — продолжал он среди тишины небрежно и холодно, — ведь я понимаю, что комиссию разбирает любопытство поскорее взглянуть, как-то составлен этот отчет?

Он передохнул, заметно бледнея.

— Ее любопытство будет удовлетворено через два дня, — повторил он насмешливо и сердито. — Я пришлю вам этот отчет с нарочным, — продолжал он тем же насмешливым тоном, — а вы можете для скорости сообщить его комиссии хоть телеграммой, чтоб комиссия не подохла от нетерпения! — добавил он резко.

Его лицо смертельно побледнело. Самообладание, очевидно, покинуло его. Внезапно он стукнул рукою по столу.

— Это, наконец, черт знает что такое в самом деле, — вскрикнул он с неожиданной резкостью, измеривая Грохотова негодующим взглядом, — что вы меня за вора что ли считаете? Что вы лезете ко мне ежеминутно с этим отчетом?

Грохотов сконфузился и смешался. Около стола все напряженно застыло.

— Я не вор! — снова резко вскрикнул Опалихин, ударяя рукою по столу. Он выпрямился во весь рост, меря Грохотова уничтожающим взглядом. — Я не вор, — повторял он злобно, упирая глаза в Грохотова, — и я не позволю никому думать так обо мне! Слышите ли вы, не позволю!

Его губы дрожали. Все его лицо исказилось злобою.

— На поединок, — закричал он осипло, — на поединок, когда так! Я вас зову на поединок!

Он застучал по столу пальцами и надменно и злобно глядел на Грохотова.

Женщины испуганно притихли.

— Господа, — взволнованно зашептала Ложбинина, обращаясь то к Грохотову, то к Опалихину, — как вам не стыдно, господа, у меня в доме...

— На поединок, на поединок и только на поединок! — злобно повторял Опалихин, бледный как снег, и стуча по столу. Он точно закусил удила.

Грохотов внезапно шевельнулся на своем стуле.

— Вам угодно? — проговорил он, бледнея. — Вам угодно? — он тоже в свою очередь оглядел Опалихина мечтательными глазами.

— Господа, — крикнул Кондарев, — да что ж это такое, в самом деле!

Он подбежал к Грохотову и схватил его за локоть.

— Алексей Петрович, — заговорил он умоляюще, — голубчик Алексей Петрович, милый Алексей Петрович...

— Хорошо, — лениво повторил Грохотов, не слушая его и слегка даже отстраняя его рукою. — Хорошо, но только это будет тогда, — продолжал он внятным шепотом, — это будет тогда, когда отыщется вор Кондаревских денег, а до того времени, простите, принять вашего вызова я не могу!

Он снова шевельнулся на стуле и дрожащими губами прихлебнул чай из стакана. Его руки вздрагивали, и ложечка, прижатая между его пальцем и стеклом стакана, позванивала.

Опалихин стоял в оцепенении.

— Так вот оно что, господа, — проговорил он наконец.

Злоба уже ушла с его лица, и он выглядывал уставшим, осунувшимся, больным.

— Так вот оно что, господа, — повторил он тихо, — видите ли, я все-таки не ожидал этого... Я все-таки думал... Я никак не ожидал... — Он смешался и обводил присутствующих тусклым взором. — Я все-таки думал, — наконец поправился он, — что своей работой в уезде я заслужил, — тихо и устало повторял он, трогая рукою голову, — я заслужил... Ну, как бы вам сказать... — Он не договорил и, повернув от стола, колеблющейся походкой пошел вон из комнаты. Татьяна Михайловна испуганно вскрикнула. Кондарев опрометью бросился вслед за ним в прихожую.

— Господа, — шептал он крикливым шепотом, появляясь через минуту в дверях прихожей и махая рукой, — дайте воды! Скорее воды! С ним обморок!

XVII

В окна кабинета глядели розовые сумерки.

Ложбинина сидела в своем кабинетике у письменного стола. Сейчас она только что дописала трогательное и примирительное письмо на имя своего мужа и была очень довольна этим обстоятельством. Удовольствие так и светилось в ее глазах. "А у меня положительно беллетристический талант, — думала она, припоминая только что написанное письмо, — под старость нужно будет серьезно заняться его разработкою!"

Она спрятала письмо в ящик письменного стола и, слегка развалясь в кресле, стала воображать себя губернаторшей. А затем, сделав мечтательные глаза, она задумалась о первом свидании с мужем.

"Когда я добьюсь этого свидания, — думала она, — нужно будет надеть черное платье! Непременно черное платье! Никаких золотых вещей и ничего бьющего в глаза. Ботинки изящны, но просты. При словах: "взгляните, что стало со мною!" мои щеки покрывает смертельная бледность. При фразе: "Сам Христос прощал легкомыслие", веки глаз дрогнут, и одна слеза. Только одна, не больше. Обилие слез делает лицо некрасивым... После слезы, сразу же: "Счастье еще возможно для нас", и легкий румянец.

— Людмилочка! — вдруг позвала она вслух.

Людмилочка бойко впорхнула в комнату и, приблизившись к креслу, приставила ладонь ко лбу, как бы отдавая честь.

— Чего изволите, ваше превосходительство? — проговорила она, подражая говору солдата.

— Ты уверена, что мое примирение с мужем состоится? — спросила Ложбинина, нежно оглядывая ее фигуру.

Людмилочка сделала свои губки похожими на губы Столбунцова и, передразнивая звук его голоса, проговорила:

— Клянусь позором преступленья!

— Итак, я буду губернаторшей, — вздохнула Ложбинина с томностью.

— А кого ты возьмешь тогда к себе в чиновники? — снова спросила ее Людмилочка.

И они обе сразу звонко расхохотались.

* * *

Голубой мрак ночи дрогнул, заколебался и как-то весь сразу просветлел. Из-за лесистых холмов, черной каймою темневших по ту сторону Вершаута, плавным скачком вышел месяц. Поверхность Вершаута радостно просветлела, заискрилась, заколебалась.

— А монастырский звон слышать, это к чему? — спросила Татьяна Михайловна Пелагею Семеновну.

Они обе сидели на толстом дубовом обрубке, на берегу Вершаута, и тихо переговаривались. Лицо Кондаревой было бледно. Лиловый капот с полуоткрытой грудью и широкими рукавами, весь отделанный черным кружевом, красивыми волнами охватывал ее стройную фигуру.

Пелагея Семеновна отплевала кедровую скорлупу с своих жирных губ и переспросила:

— Монастырский звон? Это уж не знаю к чему. Видно, в монастырь иттить, что ли? — Она закашлялась, поперхнувшись, и с досадой добавила:

— Да что ты все о монастыре-то? Мать! В твои-то годы? При моих летах и то монастырь не сахар. А тебе-то? Эй, Танюшка,

121

очнись! Да, — вздохнула она, — мне бы, по правде сказать, время уж мирскую тщету бросить, время, уж чувствую, что время, да главное дело я молошную пищу люблю. А в монастыре что? Сегодня гриб, завтра рыба, нынче рыба, вчера гриб. — Она помолчала, поглядывая добродушными, заплывшими глазками на светлые воды Вершаута, точно о чем-то вспоминая.

— Закажи завтра к обеду, Танюша, — заключила она со вздохом, — рисовую кашку со сливочками, с изюмцем и с черносливцем.

Татьяна Михайловна молчала. Месяц поднимался выше; серебристая дорога наискось перерезала воды Вершаута, вся покрытая мелкой, сверкающей чешуей, как длинное туловище исполинского змея. Теплый ветер порою падал на воды реки, и светлое туловище змеи извивалось и точно приподнималось.

— Да, — снова вздохнула Пелагея Семеновна, — в свое время пожилось сладко, а теперь уж будет; зубы устали. И, кажется, явись сейчас передо мной ведун или знахарь, и скажи: хочешь назад молодость обернуть? И я бы ему "нет" сказала. К чему? Зубы устали! И что будет за толк в новой молодости-то? — развела она жирными руками. — Ну, тело, скажем, будет молодое. Сердце молодо. А память? Молодая кровь старую память-то не отшибет! Нет! — Она вздохнула и раздумчиво покачала головою. — Танюша, нам спать не пора? — спросила она.

Татьяна Михайловна сидела молча, поставив локти на колени и опираясь подбородком на ладони. Вокруг было тихо. Неясный шелест порой проносился в воздухе, да за Вершаутом кричал коростель. Небо горело в звездах. У берегов подымался пар.

— Да, — заговорила Пелагея Семеновна, не дожидавшись ответа, — а в свое время сладко жилось! Что верно, то верно. Я ведь смолоду на вдовьем положении числюсь. И вот жила я в Симбирском. И был у нас купец один; фамелия у него двойная была, звонкая, на манер графской. С него и на телеграфе за подпись всегда за два слова брали. Ты думаешь — Семибратов? — почему-то спросила она Татьяну Михайловну, приподнимая жирное *лицо*. — Нет, это еще до Семибратова было. Этому фамилия была Ненашев.

Она замолчала в испуге, всплеснув руками.

Татьяна Михайловна, точно вся извиваясь, повалилась с обрубка к ней в ноги и обхватила руками ее колени.

— Таня, Танюшечка, голубка, — зашептала Пелагея Семеновна, пригибаясь к плечам молодой женщины. — Да Господь с тобою! Мать Владычица, — повторяла она, — что это еще, прости Господи!

Татьяна Михайловна припала лицом к ее коленям.

— Тетушка, родимая, прости ты меня, — со стоном рыдала она на ее коленях, — прости ты меня, подлую! Я с Опалихиным спуталась!..

Она крутила головою и вся билась.

Пелагея Семеновна облегченно вздохнула всей грудью.

— Только-то, — укоризненно покачала она головою, — эх, баба, баба! Я уж невесть что подумала; у меня руки-ноги отнялись, а она... Эх, баба, баба! — Она ласково погладила волосы плачущей и покрутила головою. — Крепись, баба; стыдно! — заговорила она вразумительно. — Перед мужем гоголем ходи, чтоб муж ни-ни, ни даже Боже мой! Мужа на грех толкать — двойной грех, — говорила она и ее расплывчатый голос внезапно стал твердым и сильным. — Тяжко — в себе снеси! Мне для чего сказала? Скажи попу и Богу. Эй, баба! — погрозила она пальцем строго и гордо. — Эй, баба! Мужу — ни-ни! Слышишь? Мужа не смей обижать! С мужем ты перед святым алтарем стояла и Сам Царь Небесный благословлял вас с высоты райской.

— Я не скажу ему, — с плачем шептала Татьяна Михайловна, — я не скажу, ни за что не скажу.

— Тяжко, — Богу чаще говори. Бог простит. Это со всякой бабой бывает.

— Я уж и так, — шептала Кондарева плача, — другой раз не смею, а другой раз плачу, — плачу... Господи!..

— Дети, чтоб и во сне об этом не видали, — с твердостью повторяла Пелагея Семеновна, — дьявола к детской колыбели подпускать грех тяжкий! Свой грех простится, этот не простится. Мы через них к ангелам идем.

— Я уж знаю, — с плачем шептала Татьяна Михайловна, — я уж знаю!

Когда она несколько успокоилась и слезы высохли в ее глазах, Пелагея Семеновна сказала:

— А теперь, Танюша, идем спать. Благослови детей, помолись Богу и спи крепко. В Симбирском, — говорила она ей по дороге к дому, — был у меня монах знакомый. Чайком ко мне заходил побаловаться и хересом. Он хереса любил. И этот монах говорил: "Преступил — грех. Сознал грех — полгреха. Покаялся во грехе — четверть греха. Утешился — нет греха. Стало быть, простили!" Так-то!

Проходя мимо кабинета, Татьяна Михайловна увидела мужа. Он сидел за письменным столом в черной шелковой рубахе, в черных шароварах и красных татарских ичегах. Толстый, красный шнурок, опоясывавший его рубаху, свешивался почти до полу. На столе перед ним горела лампа и лежала раскрытая книга. Но он не читал. Положив локти на стол, он внимательно разглядывал свои ногти. Его безбородое с маленькими усиками лицо было бледно, и беспокойная мысль неподвижно лежала на этом лице сосредоточенным и строгим выражением. Татьяна Михайловна подошла к нему и положила на его плечо руку. Он нервно вздрогнул, точно испугавшись. Минуту он глядел на нее, как будто не узнавая. Она позвала его спать. Он молча встал, потушил лампу и послушно пошел за женою. Ей хотелось приласкать его, поплакать вместе с ним, поговорить о том, чего даже не выскажешь словами, сблизиться с его душою. Но какая-то перегородка точно стояла между ним и ею и мешала ей. В спальне она опустилась в кресло, у окна, не снимая с себя капота, а он, засунув руки в карманы шаровар, долго ходил из угла в угол, занятый своею думой, бледный и сосредоточенный. Она глядела в аллеи сада, залитые лунным светом, притихшие и торжественные, и все ждала, что он подойдет к ней, заговорит с нею, поможет ей выбраться на свет; но он не подходил, и ее сердце сжимала тоска. Вздохнув, она уныло встала и, шелестя капотом, тихо пошла в детскую. В детской все было тихо. Ровное дыхание спящих детей странными звуками будило тишину комнаты. В углу у образа детского покровителя Пантелеймона горела лампадка, наполняя весь воздух тихими колебаниями света и теней. Точно что-то летало в этой комнате беспокойным и мягким полетом, что-то призрачное и неуловимое, и словно какая-то таинственная борьба происходила в этих стенах. Она подумала: "Ангелы отгоняют от их постелей темное. Но кто победит?" Как будто чьи-то осторожные шаги послышались за ее спиною, но она не оглядывалась, полная жуткого чувства. Она подошла к постели своего меньшого сына, увидела его розовый, спокойно дышащий ротик, полураскрытый и похожий на цветок, и подумала молитвенно: "Господи, заступи, спаси и помилуй и одолей над его головою тьму и ужас!" Она с трепетом занесла руку, чтобы перекрестить воздух над головою сына, но кто-то из-за ее спины властно схватил эту руку и до боли стиснул ее. Она чуть не вскрикнула от ужаса.

— Тсс, — услышала она над собою какой-то свистящий шепот, обдавший ее с головы до ног морозом, — тсс, не с-смей кощунствовать! Слышишь, не с-смей!

Она с усилием повернула голову и увидела мужа. Все его лицо было искажено до неузнаваемости, и точно все светилось каким-то новым беспредельно злобным чувством.

— Не кощун-с-твуй, — шептал он. Он стал к ней лицом к лицу и тихо, шаг за шагом, больно стискивая ее руку и ловя другую, он попятил ее перед собою вон из детской. Она слабо стонала, а он властно наступал на нее, пятя ее спиной к порогу, закусив губы и с трудом дыша.

Она, вся помертвев, глядела на эту ужасную голову, бледную и изуродованную злобой, в которой ни одна черта не напоминала ей больше мужа. Свет и тени странно сплетались над этой головою в чудовищный узор и словно трепетали в ужасе. А он все пятил и пятил ее перед собою, захватив уже обе ее руки. В спальне, у окна, он, наконец, выпустил их и тихо толкнул ее от себя прочь злобным и презрительным жестом.

Она упала в кресло и не сводила с него глаз; она не находила в себе сил оторвать их от этой ужасной головы.

— Что ты дрожишь, — зашептал он, наконец, слегка наклоняясь над нею, — не бойся, это не я перед тобой стою, не я, это — опалихинская вера! Тсс, — замахал он перед нею пальцем грозно, — молчи и не бойся! Чего ж нам бояться ее, этой веры? Ведь и я и ты давно уж по ее уставам живем, а от родни открещиваться не пристало! — Он замолчал, весь трепеща и тяжело дыша, точно вез на себе непомерную тяжесть.

— Не дрожи, — повторил он ей шепотом, — слушай! Слушай! Знаешь, когда этот ужас начался? Знаешь? — припадал он к ней. — Помнишь, стол у меня сгорел? Это я сам его сжег. Нарочно, умышленно сжег. Нарочно! — повторил он в тоске и злобе. — Это я, я сам так устроил, что мой ключ и опалихинский ключ — один ключ! Я это устроил. Понимаешь? Чувствуешь тьму и ужас? Я письмо ему от тебя писал и ответ получил, и знал, что получу, и знал, что буду делать. — Он стоял перед ней весь бледный и неузнаваемый, с судорогами злобы и муки на лице.

— Тсс, — поднял он палец, — не дрожи и слушай. Слушай! — Он совсем близко припал к ней, и каждый мускул его лица трепетал и содрогался. — Слушай, — шептал он, — это я, я ему в бандероль книжки сорок пять тысяч засунул и вором его сделал. Я, я, я! Умышленно и нарочно! Это я всю эту машину обдумал. Я — новая вера!

Татьяна Михайловна не сводила с него глаз и сидела, привалившись к спинке кресла, точно окаменев.

— Не дрожи, — шептал ей муж, — не бойся. Это не я перед тобой стою, это опалихинская вера. Слушай же меня и помни! Ведь это вы меня в этой новой вере крестили и заповедям меня наставили! Вы! Полюбуйтесь же теперь, восприемники, на свое духовное чадо!

Он на минуту замолчал, точно пережидая чего-то, затем сделал несколько шагов, неслышно ступая в полусумраке комнаты, и заговорил снова с прыгающим лицом и уродливыми жестами, останавливаясь перед нею.

— Чего ж вы не любуетесь? Ведь я ваш, весь ваш, с головой ваш, плоть от плоти вашей и кровь от крови, так чего ж вы трясетесь, чего ж робеете? Чего? — Он заглядывал в ее глаза, изгибаясь и весь содрогаясь будто от неслышного смеха; и ей казалось, что перед нею не ее муж, а сатана.

— Что ж ты не радуешься мне, — повторял он, — я — опалихинская вера! Зачем же ты дрожишь? Чего испугалась? — Он снова сделал по комнате несколько неслышных шагов и вновь стал перед нею с изуродованным от судорог лицом.

— Я тебя больше жизни любил и он у меня тебя отнял; он, Опалихин! — зашептал он ей. — Он свет у души моей отнял, он мать у моих детей отнял, он Бога из моего сердца вырвал и чертом его подменил. Он мир у меня взял! И когда он воровски отнимал вас у меня, он меня лучшим другом звал, кощунствовал Иудиным кощунством? И я ему всыпал по-дружески, его же поганой мерой. Он вор и я его вором сделал, он собака и я на него собачий намордник надел! Что ж? Я одолел его и, как цыпленка, скрутил! Я сильней и я прав! Я перед ним с гору вырос и его своею тяжестью, как мышонка, задавил. Он сам сказал: "все пути открыты" и я все их открыл, все! Что же вы дрожите, восприемники? Полюбуйтесь же на свое духовное чадо!

Он не договорил. Татьяна Михайловна дико вскрикнула и бросилась в окошко с быстротой зверя. Он видел, как мелькала ее фигура в лунном свете тихих аллей, и его лицо точно все еще прыгало в бешенстве и злобе. С минуту он стоял перед окном все с тем же выражением на лице. И внезапно его точно что-то сломило; он упал на колени перед креслом и, дико визжа, зарыдал.

"Таня, Танюша, — зашептал он, рыдая каким-то воем, — о, как мне больно, если бы ты знала, как мне больно, как мне нестерпимо больно!"

А она, некрасивым жестом подобрав капот, шла через Вершаут по переходу и шептала:

"От детей выгнали, выгнали, молодушку! Доплясалась! Тьма одолела; ангелы в крови!.."

Лугами она пустилась бегом. Она бежала долго, в

мучительном страхе, точно чувствуя за собою погоню и постоянно оглядываясь назад, и месяц глядел на ее тонкую фигуру, странно мелькавшую среди седеющих от тумана лугов. И ей казалось, что кто-то бежит за ней и шепчет ужасным шепотом:

"Не дрожи, я — опалихинская вера!"

Этот шепот точно подстегивал ее. Она прибежала в овраг и упала на траву, под березу, с трудом дыша. С минуту она лежала так, почти без чувства от усталости, и листья березы шептали ей о чем-то. В лесу было темно и только кое-где на полянах дрожал и колебался лунный свет зеленоватыми изломанными пятнами. Наконец она раздышалась, приподнялась и села; подперев рукою голову, она стала глядеть перед собою. Прямо перед нею по скату, сверху вниз, мелкой едва уловимой рябью, сбегал колеблясь лунный свет. За ее спиною дышал лес протяжными и теплыми вздохами подкрадывающегося к жертве зверя. На ее лице застыло выражение неподвижной скорби и тоски. Она прислушалась. Скорбное пение "Поющих ключей" молитвенным напевом медленно поднималось по скату, откуда-то снизу, словно там внизу, замуравленные в подземельях торжественно пели приготовившиеся к смерти схимники. Она слушала это пение, скорчившись под березой, засунув руки до самых локтей в лиловые рукава капота и дрожа всем телом. Вокруг нее, по скатам, дымился туман, точно огонь готовился охватить ее и подкрадывался к ней дымом. Лунный свет колебался и дрожал на ее неподвижно скорбном и бледном лице. Она прислушивалась. И ей хотелось подпевать торжественному хору схимников и плакать о чем-то.

* * *

Столбунцов и Людмилочка верхом возвращались с ночной прогулки, близ "Поющих ключей". Их лошади, весело пофыркивая, шли рядом, так что нога Столбунцова касалась теплых ног Людмилочки. В поле уже светлело и туман редел

128

над лесом. Столбунцов глядел на рыжеватую и задорную головку своей спутницы и говорил:

— Я кончу чем-нибудь ужасным и я уже привык к этой мысли. Я сроднился с ней. Мне сейчас тридцать девять лет и мое божество — любовь. Сейчас я еще могу служить моему богу и нахожу жриц. Но что будет, когда мне стукнет, ну хоть скажем, пятьдесят? Едва ли мне удастся тогда заманить к своим алтарям хотя какую-нибудь плохонькую жрицу. Боги от меня все уже отвернулись и когда от меня отвернется и любовь, мне придется, хочешь не хочешь, раскроить себе череп; не так ли?

Людмилочка хватала его руку, дружески пожимала ее и шептала:

— Перестань! Не пугай меня. Я обещаю любить тебя до пятидесяти лет!

— Да я-то не обещаю! — смеялся Столбунцов в ответ.

И вдруг Людмилочка поднесла к губам свой хлыстик.

— Что это такое? — спросила она встревоженная.

Они остановили лошадей и прислушались. И все-таки они ничего не могли понять. Странные, жуткие звуки, не то похожие на вой, не то на пение, не то на плач, смешивались с ропотом "Поющих ключей" и достигали до их слуха, будя тишину ночи.

— Я ничего не понимаю, — прошептала Людмилочка.

Столбунцов отвечал:

— Я тоже. — Он пожал плечами.

Они снова прислушались, в тревоге застыв на седлах, и опять не поняли ничего. Они проехали еще несколько шагов, теснее прижимаясь друг к другу и точно предчувствуя опасность, и опять стали внимательно слушать, напрягая насколько возможно слух и полные жуткого ощущения. Но все же они не могли разрешить загадки. Звуки оставались непонятными.

— Что же это, по крайней мере, такое, — допытывалась Людмилочка, — зверь, птица или человек?

Столбунцов пожал плечами, все еще слушая. Наконец он сказал:

— Нет, это не зверь и не птица. Это гораздо страшнее и зверя и птицы. Это человек!

Людмилочка схватила его за руку и побледнела.

— Уедем отсюда скорее, — прошептала она вздрагивая, — мне страшно!

Они ударили по лошадям.

XVIII

Кондарев быстро шел навстречу к Опалихину берегом Вершаута. Он увидал его еще издали и криком, и жестами привлек, наконец, его внимание. Опалихин был нужен ему до зарезу, и он подстерегал его здесь чуть не с утра. Он знал, что Опалихин пойдет этой дорогой, возвращаясь с лугов. И теперь Кондарев почти бежал к нему навстречу, скользя по отлогому скату, выше вздымавшемуся совсем отвесными кручами. Он был в черной шелковой рубахе, в черных шароварах и белой фуражке. Воротник его светло-серого летнего пальто был приподнят. Здесь у воды было свежо; дул резкий ветер, и волны Вершаута с злым шипеньем разбивались о желтые глыбы свергнутой сверху глины. Над лесом за Вершаутом клубились черные тучи и порою протяжно ревел гром. Ревел он гулко и сердито, и казалось, что там, по ту сторону шипевшего Вершаута, за лесом, ходит закованный в цепи какой-то сказочный титан, негодующе ревет, сердясь на неволю, и громыхает своею железной цепью. Кое-где на тусклых водах Вершаута лиловыми пятнами догорала заря. Окрестность быстро темнела.

Кондарев и Опалихин встретились, остановились и поздоровались. Опалихин спросил его:

— Ты меня хотел видеть?

Кондарев односложно произнес:

— Да.

Он минуту подумал и добавил:

— Мне тебя очень было нужно.

— Знаешь ли, — чуть усмехнулся Опалихин, — и ты был нужен мне до зарезу.

— До зарезу? — переспросил Кондарев в задумчивости. Они круто повернули обратно в ту сторону, откуда пришел Кондарев.

Кондарев шел, потупив голову, и внимательно глядел себе под ноги. Ветер дул им прямо в лицо. Волны Вершаута шипели у их ног.

— Как захолодало, — заговорил Опалихин, пожимая плечами, — да, — встрепенулся он, — что я хотел тебе сказать? Да, бишь, — поправился он, — мне тебя тоже очень было нужно видеть. — Он снова усмехнулся.

Кондарев подумал: "А он все-то смеется. Ничего-то мальчик не знает!" Он сказал вслух:

— Чего ты все смеешься?.. Точно цыпленок!

Опалихин, не слушая его, продолжал:

— Я сейчас из лугов и хотел только переодеться и к тебе. Посоветоваться кое о чем. Недаром же я зову тебя лучшим другом.

— Этого не надо. Не надо, брат, — вяло и даже как будто ласково проговорил Кондарев, трогая его плечо.

— Чего? — с недоумением поднял на него глаза Опалихин. И вдруг, всмотревшись в его лицо, он изумленно воскликнул:

— Да что ж это тебя, братец, так перевернуло? Ведь на тебе лица нет!

— Да что ты? — устало усмехнулся Кондарев.

— Еще бы! — повторил Опалихин с участием. — На тебе просто лица нет. У тебя не припадки ли печени? — добавил он и замолчал.

Крупные дождевые капли запрыгали по Вершауту. Над лесом что-то протяжно загудело и сердито отрывисто рявкнуло. Волны зашипели, прибивая к берегу в порошок истертую пыль соломы и навоза, а кое-где трупики красных жучков.

Вокруг сильно потемнело.

— Куда ж мы, однако, идем? — спросил Опалихин. — Нас захлещет дождем. Он оглядел затянутую свинцовой сеткой дождя окрестность. — Сейчас мы как раз под Ложбининским садом, — продолжал он, слегка отворачивая лицо от ударов ветра, — и знаешь, что? Пойдем на обрыв в беседку и потолкуем?

Кондарев молча кивнул головою. Они полезли вверх по крутому скату, наклоняясь вперед и скользя ногами. Вокруг них резко свистел ветер и за их спинами кто-то негодующе ревел, бряцая железною цепью.

Дождь сразу полил как из ведра, точно наверху внезапно что-то порвалось.

— У-ф-ф, — отдувался Опалихин, вбегая в беседку, — однако, нас все-таки слегка вспрыснуло! — Он снял серую шляпу, стряхнул дождевые капли и, все еще тяжело дыша от быстрого бега по крутому скату, опустился в кресло.

Кондарев сел на стул у окна, у противоположной стены.

В беседке было темно; только большие и громоздкие подсвечники, изображавшие сатиров, мягко светились во мраке матовой бронзой. Сад гудел и шипел под дождем. Кондарев сидел у окна и во все глаза глядел на Опалихина. Он только сейчас заметил, что его лицо носило выражение сконфуженности. На Опалихине был синий домашний пиджак, голубая мягкая косоворотка и высокие полевые сапоги.

— Ну, что ты мне скажешь? — наконец спросил он Кондарева, сдвигая на затылок серую шляпу и вытягивая ноги.

— А ты мне что скажешь? — вопросом же отвечал

Кондарев, с любопытством рассматривая это новое выражение его лица.

— Мои дела очень плохи! — печально махнул рукою Опалихин. — Вся губерния, как один человек, считает меня за вора. — Он умолк.

Кондарев поймал в его глазах виноватое и угнетенное выражение и подумал: "Эге, да как тебя, братец, повернуло!" Опалихин продолжал:

— Вчера я был у нас в управе, и кое-кто при моем входе отвернулся к окну, чтобы не подавать мне руки. — Он сделал резкий жест, сердито и надменно рассмеялся и добавил:

— О, дуралеи! Отчет мой их удовлетворил и они все-таки верят сказке! Они тверды как скалы, и я начинаю терять почву!

— Да, это верно, — согласился с ним Кондарев, — вся губерния в один голос кричит: "Опалихин вор!"

— Да, — вздохнул Опалихин, — это, наконец, выше моих сил, и, знаешь, — продолжал он, — я хочу просить у тебя помощи... То есть, понимаешь ли...

Он смешался.

— Это у меня-то помощи? — перебил его Кондарев равнодушным тоном.

— Да, у тебя. А что? Окажи услугу, — продолжал он, — скажи кое-кому и вообще старайся пустить по уезду, что ты предлагал мне эти сорок пять тысяч взаймы, без расписки и без векселя. Ведь это же верно? Да? Так пусть же олухи сообразят, что мне много выгоднее было бы взять у тебя эти деньги взаймы без отдачи, чем прибегать к воровству. Пусть они пошевелят своими бараньими мозгами!

Опалихин умолк с резким жестом. Шум дождя врывался в беседку.

— Ты сделаешь это? — поднял он на Кондарева глаза, и тот снова увидел в них сконфуженное выражение.

— А как же "падающего толкни"? — внезапно спросил его Кондарев и уставил на его лице равнодушный взор. — Куда же мы с тобой в таком случае эту заповедь спрячем? Ведь ты теперь тоже падающий? — Он устало усмехнулся. — Или мы этот уставчик, — продолжал он, — для других падающих про запас оставим, а тебя обойдем? Да?

Он снова лениво усмехнулся. Его лицо странно белело во мраке. Опалихин глядел на него во все глаза.

— Ты что это, шутишь? — спросил он, наконец, и даже побледнел. — Если так, то это очень странная шутка, — добавил он.

— Шучу, — односложно буркнул Кондарев и, отвернувшись от него, стал глядеть в окно.

— Так ты сделаешь это для меня? — настойчиво повторил свой вопрос Опалихин.

— Сделаю.

Кондарев махнул головою.

Опалихин вздохнул. В беседке стало тихо. Порывы ветра со свистом набрасывались на ее стены, колебали крышей и улетали дальше к гудевшим вершинам. Дождь шумел по-прежнему.

— А знаешь, что? — внезапно заговорил Опалихин, как будто несколько оживившись. — Мне кажется, что я начинаю кое-что соображать.

— Ну? — лениво повернулся к нему Кондарев.

— Мне кажется, — продолжал Опалихин, — я начинаю догадываться, кто мог подсунуть в бандероль моей книги эти сорок пять тысяч.

— Кто? — равнодушно усмехнулся Кондарев.

— А тот паренек, который мне прислуживает.

— Это тот самый, который летом о зиме поет, а зимой о лете? — снова усмехнулся Кондарев.

— В тот вечер, — не слушая его, продолжал Опалихин, — за мной приехал вот именно он, а не кучер. И у него мог быть заранее приготовлен ключ, подобранный к моему столу, так как о тождестве наших столов, а также и о том, что в твоем столе сохраняются сорок пять тысяч, мог слышать только этот паренек и никто больше. Не так ли?

Кондарев шевельнулся.

— А тогда для чего он засунул эти деньги вот именно в бандероль книги? — спросил он Опалихина в свою очередь. — В карман твоего пальто он еще мог их спрятать, тут еще есть кой-какие цели; но в бандероль книги это уж совсем дико. Книга-то в твои руки во всяком случае должна была раньше попасть, чем к нему. Нет, это ерунда! Это совершенная дичь, — шевельнулся он.

Опалихин молчал в задумчивости.

— Тогда кто же это мог сделать? — проговорил он, пожав плечом.

— Да я, — равнодушно отозвался у своего окна Кондарев.

— То есть, как это ты? — спросил его Опалихин, и по тону его голоса, спокойному и даже слегка насмешливому, Кондарев

134

услышал, что он не придает его словам ровно никакого значения.

— Да мне-то уж было бы легче всего это сделать, — устало усмехнулся Кондарев. — Пошел, отпер своим собственным ключом свой же собственный стол, вынул оттуда денежки и сунул их в бандероль твоей книги. И только. Только всего и труда. Не так ли? — повернул он к нему свое лицо.

Опалихин равнодушно усмехнулся.

— Да во имя чего ты мог это сделать?

— А во имя чего я не должен был этого делать? — вопросом же ответил Кондарев.

— Что это, опять философия? — пожал плечом Опалихин.

— Нет, это не философия, Сергей Николаич, это не философия, а правда, самая настоящая правда! — крикнул от окна Кондарев.

XIX

Опалихин глядел на Кондарева, ничего не понимая, с недоумением на всем лице. Между тем, Кондарев встал со своего стула, почти в упор подошел к Опалихину и засунул руки в карманы шаровар.

— Не случалось ли тебе, Сергей Николаевич, — вдруг заговорил он внятно и с расстановкой, и вялость исчезла с его лица, — не случалось ли тебе когда-нибудь подписывать своих писем псевдонимом Евстигнея Федотова?

Он умолк, оглядел Опалихина внимательно и серьезно и подождал ответа. Опалихин молчал, широко раскрыв глаза, с выражением полного недоумения на всем лице.

— Случалось. Я это знаю! — как бы за него отвечал Кондарев после короткой паузы. — Я это наверное знаю! А как ты называл меня после этого псевдонимчика, — продолжал он свой допрос, — не припомнишь ли, а?

Он снова подождал ответа и опять-таки не дождался его.

— Лучшим другом! — отвечал он как будто за Опалихина.

— Ты меня звал лучшим другом. Это уж так-с! — Он

тяжело вздохнул. — А не припомнишь ли ты, — повысил он голос, — какие ты мне заповеди диктовал? Не припомнишь ли? Нет? — допытывался он, и в его глазах загорелись огоньки. — Если нет, так слушай. Первая. В борьбе все пути открыты. Вторая. Стыдиться надо только глупости. Третья. Что нехорошо для всякого, то вкусно для Якова. И четвертая. Толкать падающего — напрасная трата энергии.

Опалихин шевельнулся, точно желая возражать.

— Молчать! — бешено крикнул Кондарев и его лицо словно запрыгало. — Слушай, — понизил он голос, — слушай! Ты мне мой путь своей рукой наметил, — заговорил он прерывающимся голосом, — своею же рукой! И вот в один прекрасный день, после письма Евстигнея Федотова, я явился к тебе и подобрал к твоему столу ключ, памятуя твои заповеди!

Он с трудом передохнул.

— Ты лжешь! — крикнул Опалихин, бледнея.

— Нехорошо для всякого, да вкусно для Якова, — с хриплым смехом повторил Кондарев, — я подобрал! Вот этими самыми руками! Я, и никто больше!

Опалихин смешался и потупился.

— Слушай! — настойчиво повторил Кондарев. — Это только присказка. Затем-с, — продолжал он, — я умышленно сжег свой стол, умышленно сжег, и купил себе вот именно такой, который мог бы отпираться твоим ключом. Все это было мною предусмотрено заранее. Затем-с, я ездил по уезду и кричал на всех перекрестках о твоих долгах; затем, я позвал тебя в гости и одной рукой обнимал тебя, а другой веревку на твою шею крутил. И я, я, понимаешь ли, я сам, без посторонней помощи, вот этими самыми руками в твой карман деньги свои засунул и вором тебя сделал. Я и никто больше!

Кондарев глядел в глаза Опалихина весь бледный с трепетавшим лицом.

— Я тебе не верю, — внезапно крикнул Опалихин, поднимаясь со стула, — ты лжешь на себя! Я тебе не верю! Ты сумасшедший!

— Клянусь, — прошептал Кондарев, колотя себя рукою в

грудь, — клянусь! Я все это сделал, я! Да что ж ты, Сергей Николаич, — вдруг сделал он к нему резкий шаг, — шутки, что ли, ты со мной шутил, когда мне заповеди свои диктовал? Так разве Богом шутят, разве сердцем человеческим шутят? — Его глаза бегали по лицу Опалихина с выражением ненависти и тоски.

— Ты лжешь, — шепотом повторил Опалихин, — я тебе не верю, слышишь ли, не верю!

— Клянусь! — в исступлении крикнул Кондарев, простирая руки. — Клянусь, — иль ты не веришь моей силе?

Опалихин опустился в кресло, точно у него подкосились ноги.

— Лучше б ты меня убил тогда, после того письма, — простонал он.

— Зачем? — проговорил Кондарев, прижимая обе руки к сердцу. — Мне не тебя нужно было убить, Сергей Николаич, как ты этого не поймешь? Не тебя, — прошептал он, — мне твою веру нужно было убить, и если бы я мог ее убить! Если бы я мог!

Опалихину показалось, что точно светлое облако прошло по лицу Кондарева.

— Подлец! — крикнул он содрогаясь.

Кондарев долго глядел на него во все глаза.

— Слава Богу, — прошептал он, — наконец-то я от тебя настоящего слова дождался, а я ведь думал, что в твоем лексиконе и слова-то такого нет.

— Подлец, подлец, подлец! — задыхаясь, шептал Опалихин.

— Молчать! — бешено крикнул Кондарев, придвигаясь к нему и меряя его глазами. — Впрочем, что ж я? — устало усмехнулся он через мгновенье. — Ведь это ты не меня ругаешь. Ведь это ты веру свою поносишь. Ты мой восприемник, я — твое чадо. Мне-то что! — Он снова криво усмехнулся, пожимая плечами и двигаясь в сумраке комнаты.

Опалихин неподвижно сидел в кресле у стола, подперев руками голову. Кондарев подошел к противоположной стене и стал к ней, как к печке, точно пытаясь согреть спину и ладони. В саду было тихо; дождь уже отшумел и только одинокие капли порою тяжело падали с веток, да вдали что-то глухо и одобрительно рокотало.

— В какую ты яму меня толкнул, — простонал Опалихин, — тебя убить за это мало! Убить мало! — Внезапно его точно чем обожгло; дикая злоба вспыхнула в его сердце; он вскочил с кресла. — Я убью тебя! — злобно крикнул он. — Слышишь ли ты, я убью тебя! Тут же на месте, чем ни попало, как собаку! — Он бегал глазами по беседке, точно ища подходящего оружия. И его взгляд упал на подсвечники. Он будто инстинктом сразу оценил, что они должны быть тяжелы, как топор.

С захолонувшим сердцем он двинулся туда, к черной тумбе. Кондарев не выдавал своего присутствия ни одним звуком, ни одним жестом. И это точно укололо Опалихина и вернуло к нему сознание. Он сделал резкий жест и с полдороги от тумбы круто повернул к Кондареву. Кондарев стоял все так же у стены в неподвижной и равнодушной позе, точно грея руки и спину.

Опалихин с любопытством взглянул в его лицо и взял его за локоть. Кондарев усмехнулся.

— Что ж ты отменил свое решение? — спросил он Опалихина, шевеля бледными губами. — Ведь ты веру свою как собаку убить хотел, и я тебя на это благословляю!

Опалихин внимательно разглядывал его лицо. На этом лице что-то ясно было написано, но Опалихин никак не мог прочитать этих слов, и это наполняло его жгучей тревогой. Он ушел от него, сел в свое кресло настал соображать. Кондарев молчал у стены. С крыши тяжело падали дождевые капли. Сад точно вздыхал и возился. Мутные тени влезали порою на низкое крыльцо беседки и любопытно заглядывали в ее темную и жуткую глубь.

Опалихин все сидел в своем кресле и точно старался вспомнить о чем-то, напрягая все силы. И вдруг он вспомнил рассказ Столбунцова о каком-то пении ночью. Он быстро подошел к Кондареву, снова взял его за локоть и заглянул в его лицо. И весь вид этого лица укрепил его в чем-то.

— Ты что, — спросил его Кондарев, — иль догадался, мальчик?

— Что с ней? — тронул его за локоть Опалихин. — Говори сейчас же, что с ней? С ней несчастие? Она сошла с ума? — добавил он, содрогаясь.

Кондарев, молча, закивал лицом, и из его глаз сразу хлынули слезы. Опалихин потупил голову и дрогнувшим шепотом спросил:

— Тебе тяжело очень? Да?

Он ушел от него, сел в кресло, пережидая, когда он, наконец, выплачется. А затем он подошел к нему и твердо произнес:

— Идем сейчас же к ней.

Его глаза глядели ясно и спокойно.

— Сейчас, — зашептал Кондарев, наскоро вытирая платком свое лицо, — сейчас мы пойдем к ней вместе! Сейчас!

XX

Однако Кондарев не торопился уходить из беседки и, точно забыв об Опалихине, заходил из угла в угол. Опалихин беспокойно следил за ним.

— О чем ты думаешь? — спросил он его внезапно.

Кондарев все также в рассеянности ходил из угла в угол.

— Так, — односложно буркнул он наконец.

— У тебя все "так", — укоризненно покрутил головой Опалихин.

— Что же, — точно усмехнулся Кондарев, продолжая расхаживать.

Опалихин продолжал:

— Все-то у тебя "так" делается. "Так" ты меня вором сделал, "так" с ума ее свел!

— Не смей мне этого говорить! — крикнул из своего угла Кондарев и, приблизившись к Опалихину, заложил руки в карманы шаровар.

— Как это произошло по крайней мере? — спросил его

Опалихин, не обращая ни малейшего внимания на его вспышку.

— Как произошло? — переспросил его Кондарев. — Она хотела, — продолжал он, — перекрестить детей. Я задержал ее руку. "Не кощунствуй!"

— Это жестоко! — вскинул на него глаза Опалихин.

— Да пойми ты меня, Сергей Николаич, — резко крикнул Кондарев, — что я душегуб, что ли? — Я не рассчитал удара, — продолжал он хрипло. — Я хотел сделать удар в борт и вернуть шар в лузу, а он выскочил за борт. Чем я тут виноват? — Он развел руками.

— А разве человеческая голова биллиардный шар? — спросил его Опалихин холодно.

Кондарев снова резко воскликнул:

— Ты ль мне это говоришь, Сергей Николаич!

И они сразу притихли, расхаживая по беседке и занятые каждый своей думой.

Так продолжалось несколько минут. Капли отшумевшего дождя монотонно падали с крыши, со звоном ударяя в лужу.

— Так вот-с, — вздохнул Кондарев. — Ты меня сейчас подлецом назвал, но это не верно, и я не ты. Ведь я все время против воли моей шел, — вдруг вскрикнул Кондарев, — когда дело мести моей совершал, — против воли! Потому что мои боги выше солнышка ясного, а твои — вровень с животом твоим! И ты, — повысил он голос, — и ты, когда подлости свои чинил, только животик свой щекотал. Да-с! Вот между нами разница какая! — сделал он резкий жест, — твои боги — палка поганая, мои — святыня чистейшая, и я тебе на святыню эту чистейшую указать хотел! Понял?

И он снова замолчал, напряженно размышляя о чем-то.

— Ну, что же, — вдруг проговорил Опалихин, — пойдем же, наконец к ней.

— Сейчас, — снова беспокойно заметался из угла в угол Кондарев, — сейчас, сейчас!

Они вышли из беседки и тотчас свернули в боковую аллею сада, ближним путем направляясь к усадьбе Кондарева, оба точно чем-то придавленные, с озабоченными выражением на лицах и молчаливые. Неподвижный и сырой мрак сада чернел перед ними стеной. Притихшие кусты дымились паром, и только одобрительное и глухое рокотание грома, приносившееся откуда-то издалека, будило напряженную тишину короткими ударами. Долго они молчаливо двигались во мраке, сначала среди холодных и влажных кустов, обдававших их спины брызгами, затем по вязкой дороге и сверкающим лужам, и, наконец, огни Кондаревской усадьбы резко ударили в их глаза, утомленные мраком. Очистив на крыльце ноги, они осторожно вошли в дом.

Горничная с заспанным лицом встретила их, с недоумением оглядела их мокрое платье и снова ушла спать.

Они остались одни; напряженная тишина стояла и в доме; весь дом спал, но спал, как казалось им обоим, больным и тяжелым сном. Он даже как будто бредил. Полуопущенные огни ламп почти в каждой комнате и необычайный порядок мебели громко свидетельствовали им об этом.

Они молча посидели в столовой, где на деревянном диване валялась забытая кем-то подушка, а на столе стояла белая склянка с длинным ярлычком рецепта. И им казалось, что каждая вещь этой комнаты внятно говорит, что здесь, в этих стенах, только что пронеслась тяжелая буря, утомившая всех и сокрушившая одно самое слабое деревцо.

Кондарев водил глазами по стенам, с вещи на вещь, и постоянно вздрагивал всем телом, точно его била лихорадка. А Опалихин глядел на него и напряженно думал о чем-то. Посидев некоторое время в столовой, они, осторожно ступая, на цыпочках прошли в кабинет. И стены кабинета взглянули на них с тем же выражением бреда. Кондарев все также дрожал и здесь, внимательно оглядывая в полумраке каждую вещь, каждую безделушку.

Затем они прошли в спальню и заглянули в детскую. Впрочем, они как будто не решились войти в самую комнату и постояли лишь на ее пороге, тревожно прислушиваясь к ее тишине. Дети спали беспокойно, напуганные страшным днем, и их прерывистые вздохи терзали и мучили этих двух людей, стоявших на пороге, повергая их в тоску и страх. Наконец они ушли с порога, прошли длинным и темным коридором и остановились у закрытых дверей одной комнаты. Оттуда слышался тихий говор. С минуту Кондарев как будто колебался, не решаясь отворять дверей этой комнаты, и глядел на мертвенно-бледное лицо Опалихина, точно спрашивая его о чем-то. Однако, на его лице он, казалось, прочитал выражение, которое разрешало ему приступить к тому, к чему приступить он собирался. И он тихо толкнул от себя дверь; она растворилась тотчас же, без скрипа, каким-то плавным движением. Опалихин сделал шаг и остановился. В глубине комнаты, тускло освещенной лишь одной лампадой, в кресле с высокою спинкой сидела Татьяна Михайловна. Белый фланелевый капот мягкими волнами окутывал всю ее тонкую фигуру с гладко причесанной головою. Ее глаза мерцали каким-то необычайно кротким светом, и два алых пятна горели на ее щеках. Рядом с нею на низкой скамейке сидела Степанида, с сонным и усталым выражением на длинном веснушчатом лице; на стенах и по потолку комнаты беспокойно метались тени, точно стремясь куда-то и ища выхода.

— Здравствуй, Сереженька, — вдруг проговорила Татьяна Михайловна, и звук ее голоса, необычайно кроткий и певучий, точно ножом ударил Опалихина.

Он быстро пошел к ней навстречу какой-то колеблющейся походкой, простер к ней руки и, снова опустив их, виновато потупил голову и застыл на месте.

— Что ж ты испугался, — между тем заговорила она снова тем же певучим голосом, — я тебе рада. И тебе, Андрюша, я рада, — добавила она после короткой паузы, — мне вас обоих жалко!

Опалихин смотрел ей в ноги. Беспокойные тени метались по комнате и у ее ног, как напуганные чем-то птицы. Татьяна Михайловна вздохнула; Степанида неподвижно сидела близ нее на низкой скамеечке, с высоко приподнятыми коленами, как-то вся скорчившись в неудобной позе, с выражением апатии на лице, и походила на изваяние. От всей комнаты веяло жутким сном, и казалось, самый ее воздух пронизывал

Опалихина острым и мучительным чувством и тоскою. Он глядел ей в ноги. Татьяна Михайловна шевельнулась, мягко поглядывая то на Кондарева, то на Опалихина.

— Вот спасибо, что ко мне заглянули, — заговорила она снова с кротостью, — я вас обоих люблю. Только зачем вы ко мне не приходили, когда мой муженек-то грабить меня собирался? Глядишь, он бы вас и побоялся!

Она тихо рассмеялась.

— Он у меня ведь страшный, — добавила она, — да сердитый, и я его боюсь! — внезапно она вздрогнула плечами. — Это не то что Андрюшенька иль вот хоть ты! Да вы ко мне почаще заглядывайте, — беспокойно шевельнула она ногами, — в моей светелке чисто и хорошо! Да что вы стоите-то, садитесь, будьте гостями. А слышали новость? Муженек-то мой миленький что надумал? Меня в новую веру обернуть хочет! Как же? Как ведь сердился-то, — усмехнулась она одними губами, — ну, да пожалуй, и ошибется. Я, ведь, пожалуй, и в подземелье уйду. Я ведь стойкая, и этому не бывать! Никогда не бывать, никогда! — повторяла она, лукаво грозя пальцем. Она умолкла.

Опалихин как-то весь дрогнул, сделал два шага, внезапно опустился перед нею на колени и беспорядочным жестом стал обнимать ее ноги.

Она протяжно и мягко заговорила над ним:

— Как ведь мне тебя жалко-то; как ведь жалко! Ох, как жалко!

Плечи Опалихина дрогнули. Отрывистое и короткое рыдание пронеслось в комнате. Кондарев быстро вышел; он торопливо прошел всем полутемным домом и в замешательстве остановился на крыльце. Сырая тьма дохнула в его разгоряченное лицо. Он повел глазами. Черное небо низко висело над землею. В поле неподвижной стеной стоял мрак. Веяло сыростью.

Кондарев вздрогнул; из дома поспешно вышел Опалихин.

Молча он прошел мимо Кондарева, остановился и сделал нерешительный жест.

— Ну? — спросил Кондарев, приподнимая голову.

— Я решил, — проговорил Опалихин, и опять замолчал с неопределенным жестом.

С крыши тяжко падали дождевые капли.

— Что решил? — спросил Кондарев.

Опалихин точно собрался с духом.

— С завтрашнего же дня, — твердо выговорил он, — я начну распродажу всего своего имущества...

— Ну? — опять выговорил Кондарев почти надменно.

— Продам именье и уеду отсюда навсегда... Это тебя удовлетворит? — спросил Опалихин.

Кондарев молчал.

— Ну, хоть простись со мной, — выговорил Опалихин просительно, протягивая руку, — ну, Андрей Дмитрич?

Кондарев по-прежнему молчал.

Протянув руку, Опалихин все еще ждал чего-то. Потом махнул рукою.

— Ну, как хочешь, — проговорил он грустно, и пошел прочь, сливаясь с окружающей тьмою.

Кондарев неподвижно стыл, припав к косяку.

Стал завывать, ветер...

www.ingramcontent.com/pod-product-compliance
Lightning Source LLC
Chambersburg PA
CBHW020343260626
47156CB00004B/1666